O circo no risco da arte

O circo no risco da arte

Béatrice Picon-Vallin
Caroline Hodak-Druel
Christine Hamon-Siréjols
Christophe Martin
Corine Pencenat
Denys Barrault
Emmanuel Wallon
Floriane Gaber
Francesca Lattuada
Gwénola David
Jean-Christophe Hervéet
Jean-Marc Lachaud
Jean-Michel Guy
Martine Maleval
Olivia Bozzoni
Philippe Goudard
Raffaele De Ritis
Sophie Basch
Sylvestre Barré
Zeev Gourarier

ORGANIZAÇÃO DE
Emmanuel Wallon
(Colaboração de *Caroline Hodak-Druel*)

PREFÁCIO DE
Jean-Pierre Angrémy

POSFÁCIO DE
Robert Abirached

TRADUÇÃO DE
Ana Alvarenga, Augustin de Tugny, Cristiane Lage

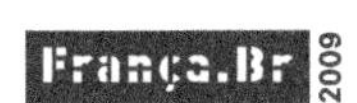

autêntica

TÍTULO ORIGINAL
Le cirque au risque de l'art

"Cet ouvrage, publié dans le cadre de l'Année de la France au Brésil et du Programme d'Aide à la Publication Carlos Drummond de Andrade, bénéficie du soutien du Ministère français des Affaires Etrangères.
"França.Br 2009" l'Année de la France au Brésil (21 avril - 15 novembre) est organisée:
En France: par le Commissariat général français, le Ministère des Affaires étrangères et européennes, le Ministère de la Culture et de la Communication et Culturesfrance.
Au Brésil: par le Commissariat général brésilien, le Ministère de la Culture et le Ministère des Relations Extérieures."

"Este livro, publicado no âmbito do Ano da França no Brasil e do programa de participação à publicação Carlos Drummond de Andrade, contou com o apoio do Ministério francês das Relações Exteriores.
"França.Br 2009" Ano da França no Brasil (21 de abril a 15 de novembro) é organizada:
No Brasil: pelo Comissariado geral brasileiro, pelo Ministério da Cultura e pelo Ministério das Relações Exteriores.
Na França: pelo Comissariado geral francês, pelo Ministério das Relações exteriores e européias, pelo Ministério da Cultura e da Comunicação e por Culturesfrance."

AUTÊNTICA EDITORA LTDA.
Rua Aimorés, 981, 8° andar . Funcionários
30140-071 . Belo Horizonte . MG
Tel: (55 31) 3222 68 19
Televendas: 0800 283 13 22
www.autenticaeditora.com.br

AGENTZ PRODUÇÕES/FESTIVAL MUNDIAL DE CIRCO
Rua Raimundo Corrêa, 210 . São Pedro
Cep. 30 330 090 . Belo Horizonte . MG
Tel: (55 31) 3225 75 21
www.agentz.com.br

Dados Internacionais de Catalogação na Publicação (CIP)
(Câmara Brasileira do Livro, SP, Brasil)

O circo no risco da arte / [organização] Emmanuel Wallon ; [tradução Ana Alvarenga, Augustin de Tugny e Cristiane Lage]. – Belo Horizonte : Autêntica Editora, 2009.

Título original: Le cirque au risque de l'art.
Vários autores.

ISBN 978-85-7526-407-2

1. Circo - Congressos I. Wallon, Emmanuel.

09-05566 CDD-791.3

Índices para catálogo sistemático:
1. Circo : Artes : Congressos 791.3

SUMÁRIO

PREFÁCIO

Jean-Pierre Angrémy

Tradução: Cristiane Lage

O circo e a biblioteca têm alguma coisa em comum. Circo tanto quanto biblioteca são palavras que designam realidades materiais: de um lado um contorno circular onde se assiste a uma sucessão de números, do outro, uma construção ou estante onde se organizam os livros. Entretanto, a história dessas palavras acaba por designar mais que aquilo que contém o conteúdo. Mais do que a forma, o fundo ou, no caso da biblioteca, os acervos. O que quer dizer que a história dessas palavras testemunha a força dessas formas materiais capazes de sintetizar os projetos artísticos em que elas estão supostamente encerradas.

O círculo do circo, por sua perfeição particular, oferece um objeto de estudo complexo e admirável. Existe nesse círculo traçado no solo tal qual um esquema xamânico, um espaço fora do lugar, de uma isenção mágica, no qual se entra apenas na condição de ser iniciado. É sem dúvida o charme da forma antiga do circo na qual se convoca toda a cidade, o grande público para assistir aos desafios, às *performances*, às dívidas de uma comunidade aos ritos e às tradições secretas e excessivamente protegidas e de fazer das *perfomances* dos iniciados em um espetáculo público. Esse é o paradoxo de tal espetáculo nômade na tradição específica dos atores errantes, concebido e destinado aos desocupados das cidades e vilarejos.

Contudo, esse espetáculo é único. No seu círculo ele circunda e encerra as competências, as técnicas, as artes específicas nas quais a transmissão apresenta numerosos problemas. Isso por três razões.

A transmissão nesse universo vai além do livro, do manual, assim como vai além, em parte, da língua, da tradição oral. Ela representa o trabalho dos gestos, das atitudes, das posturas. Citando as belas palavras da coreógrafa Martha Graham, que dizia: "*Teach the body, not the mind*" ("Preocupe-se em ensinar o corpo e não o espírito"), é pelo corpo que a transmissão se perpetua. É pelo corpo, pela repetição, pela imitação que um acrobata, um malabarista, um trapezista ou mesmo um *clown* recuperam uma parte de um patrimônio que não pertence, de forma complementar, apenas a um artista e a um somente. Nesse sentido existem tantos *clowns* quanto artistas que os encarnaram. E são numerosos aqueles que deixaram um nome tal qual Grock, Charlie Rivel ou outros mais. Como captar este patrimônio eminentemente frágil?

A transmissão se relaciona a uma arte na qual se deslocam as fronteiras tanto antigamente quanto hoje. A arte do *clown* é feita de todas as artes, compiladas de uma certa forma em um único artista que é de uma só vez cenógrafo de seu número, *gagman*, músico, malabarista, acrobata, etc. O *clown*, sem falar da arte total, constitui o paradigma de um artista "total", ou seja, de um artista que reúne e retoma nele todas as técnicas do espetáculo ambulante e que, ainda, deve fazer de tal forma, nesse panóptico da pista circular, para ser visto por todos, sob qualquer ponto de vista, a situação, a cadeira onde o público se encontra instalado.

A transmissão, enfim, intervém, hoje, em um mundo em plena revolução que começou há aproximadamente 20 anos. De fato, o circo hoje está acompanhado de formas que remetem, em parte, ao espetáculo tradicional, às suas figuras que renovam sua linguagem com a ajuda de outras artes cênicas, como a dança, o teatro, a *performance*, o espetáculo audiovisual... Essas novas formas não fazem nada além de desenvolverem entre elas o diálogo das formas e das artes. O circo contemporâneo tem a tendência de se integrar em uma continuidade frequentemente inédita daquilo que antes dependia da sucessão de fragmentos, de números em benefício de um novo relato, de uma nova narrativa. Mas como podemos estar presentes nesse incrível evento que afeta o circo, nós que já estamos sobrecarregados pela coleta de documentos do passado?

O arquivo do circo é um objeto estranho e desejável, mas dificilmente transformado em patrimônio. Sendo assim, é necessário que os pesquisadores, os artistas, os diretores de circo pensem com mais frequência na Biblioteca Nacional da França e na sua região das artes do espetáculo, pois ela é um dos lugares onde, para retomar uma fórmula usual, o passado tem futuro.

Jean-Pierre Angrémy

Presidente da Biblioteca Nacional da França desde janeiro de 1997. Foi diretor da Academia da França em Roma, Villa Médicis, de 1994 a 1997. De 1990 a 1994 foi embaixador indicado permanente da França na Unesco e membro do conselho executivo dessa organização desde 1992. Foi nomeado, em 1987, diretor geral das Relações Culturais, Científicas e Técnicas no Ministério das Relações Internacionais francês. De 1979 a 1981, foi diretor do setor do Teatro e dos Espetáculos no Ministério da Cultura. Ele é também escritor, com o nome de Jean-Pierre Rémy, e sua última obra publicada foi *Désir d'Europe* pela Editora Albin Michel.

INTRODUÇÃO DOS TRADUTORES

Traduzir

Minha primeira, e talvez a melhor, surpresa foi meu encontro com o português. Sim, traduzir este livro foi uma grande oportunidade de volta à minha própria língua, deixando-me ora mais próxima dela, ora da outra. Era uma espécie de "entre-dois", lugar onde eu mesma me via muitas vezes em pensamento, em sonhos, em tentativas anteriores e atuais de tradução. Assim, traduzir este livro foi, consequentemente, ser levada a esse risco que era só meu, que só eu estava correndo, eu em minha própria solidão.

Em uma tradução, cada palavra, cada pontuação, cada escolha é única, e, portanto, a cada palavra, uma necessidade de tomada de decisão solitária, a cada decisão corresponde um risco... o risco da ambiguidade, da dúvida, do erro, da falta de algo melhor? Talvez, mas, sobretudo, o risco de se colocar no mundo enquanto pessoa que deixa em algo sua própria marca, suas impressões, suas escolhas. E, isso, na vida, já é alguma coisa!

Traduzir pra mim é também correr o risco de acertar ou não, de penetrar em uma língua com todas as suas particularidades, suas exclusividades, seus contextos próprios. Traduzir é se abrir para um novo mundo intelectual, uma nova disciplina (quanto ao conteúdo e quanto a uma maneira de trabalhar) e novos dicionários, que muitas vezes extrapolam os já existentes. Por exemplo, segundo o Larousse de Poche, traduzir é "citar, remeter para ser julgado, fazer passar, transpor de uma língua para outra. Por extensão: interpretar". Já o Michaelis define o mesmo termo por: "transladar, verter de uma língua para outra, explicar, interpretar, explanar, exprimir, representar, simbolizar...". Se para cada dicionário, uma definição, imaginem o que acontece a um texto de um livro quando ele se depara com um olhar, um sentimento, uma percepção própria do mundo. Traduzir, pra mim, é uma arte, um risco a se correr. Traduzir no risco da arte.

Ana Alvarenga

Traduzir é cumprir um ato de passagem.

Passagem que perpetua e renova a soleira inicial da escrita, que continua a travessia da leitura na língua original, que inicia a viagem do leitor da nova língua.

Passagem que se pretende imperceptível, mas que ao mesmo tempo transtorna o texto, o desfaz de sua língua e o submete a outra oralidade, outra escrita. Ato violento que tenta fazer-se o mais inocente possível, mas que nunca deixa, apesar das melhores intenções, de deturpar toda uma construção, uma cultura, uma criação para reconstruí-la, aculturá-la, recriá-la mascarada.

Augustin de Tugny

Traduzir é de certa forma reescrever. Recriar o texto (re)descobrindo novas possibilidades semânticas. Uma forma de aproximação quase tátil com o texto. Um ato de prazer a cada palavra que encontra o seu lugar específico, a única equivalência.

Uma forma de recriar o texto, um risco que vale a pena.

Cristiane Lage

Escolher

Sobre os termos deliberadamente deixados em francês, sempre em itálico, essa foi uma escolha feita em comum acordo entre os três tradutores. O que nos levou a tal decisão foi a constatação de uma perda demasiado importante de sentido ou de força. Dizer "encenação" ou "direção" ou algo de natureza aproximada nem sempre traduz com fidelidade a expressão *mise en scène*, por exemplo. Então, termos como esse, *mise en piste* e *savoir-faire* foram mantidos em francês, mas acompanhados por seus respectivos significados em português, apresentados no que intitulamos "Miniglossário dos tradutores".

Já no caso da palavra "*clown*", o que se observa é uma utilização padronizada do termo em inglês e uma não correspondência plenamente exata da palavra "palhaço", em português. Em pesquisa registrada no livro *O elogio da bobagem*, Alice Viveiros de Castro explica: "*Clown* é uma palavra inglesa derivada de *colonus* e *clod*, palavras de origem latina que designam os que cultivam a terra, a mesma origem da portuguesa "colono". *Clown* é o camponês rústico, um roceiro, um simples, um simplório, um estúpido caipira [...]". Assim, "*clown*" foi mantido em inglês e em itálico.

Quanto às notas de tradução, elas representam nossa proposta de solução para situações de possíveis ambiguidades ou mesmo de equívoco. Nesse caso, mantivemos a palavra em francês e em itálico, acrescentando uma explicação ou uma definição através de uma nota de tradução no pé de página.

Ana Alvarenga, Augustin de Tugny e Cristiane Lage

MINIGLOSSÁRIO DOS TRADUTORES

***Mise en scène*:** Pode ser a montagem ou a direção de uma peça, uma encenação e, em alguns contextos, uma representação. Nessa última acepção, cabem metáforas do tipo "isto é pura *mise en scène*" para dizer que alguém ou alguma situação remete à ideia de representação.

***Mise en piste*:** Corresponde à ideia de montagem ou direção, mais especificamente quando se trata da pista de circo, que engloba o picadeiro e tudo o que ele carrega para dentro e para fora de seus limites.

***Savoir-faire*:** Expressão que remete àqueles saberes adquiridos que já se encontram em estado totalmente impregnado, quase automatizado, por quem os detém. Por exemplo, o *savoir-faire* de um padeiro. Trata-se de um conjunto de saberes adquiridos que passam a fazer parte integrante da figura padeiro, que os contém. Seria isso uma espécie de metonímia? O dicionário Michaelis define o termo como "conhecimento, habilidade, esperteza, astúcia".

INTRODUÇÃO

Emmanuel Wallon

Tradução: Cristiane Lage

A expressão "risco artístico" teve seu auge na França no fim dos anos 1980, nas instituições culturais onde os responsáveis, sustentados por um calhamaço de subvenções cada vez mais numerosas, ousavam, enfim, tirar vantagem da audácia. O gênero heterogêneo que muitos insistem em chamar de "novo circo", na falta de uma denominação que tivesse sido imposta de maneira incontestável, tinha alcançado um primeiro degrau da consagração social, sem conseguir, com isso, o estatuto de arte maior sob o olhar da crítica especializada. Uma dezena de anos mais tarde, a questão suscita menos ironia nas academias – ou nos círculos que exercem sua função na sociedade contemporânea, pois um público esclarecido aplaudia os artistas e suas obras no mesmo momento em que, finalmente, foi concedido às companhias um reconhecimento oficial.

A pertinência dessa legitimidade parece bem merecida, mesmo que perigo não se revele por si só um critério do julgamento estético. Um anagrama ainda que aproximativo, sugere: não existe circo sem risco. Os artistas da pista enfrentam ameaças econômicas às quais seus colegas das outras artes não têm nada além do que uma vaga ideia. Sem a pretensão de serem mais subversivos que os demais, nem por isso deixam de pagar um alto preço pela sua independência política. A liberdade com que eles manipulam os códigos artísticos usuais dificulta a comodidade de seu trabalho. Mas para eles o perigo é, em primeiro lugar, físico.

No circo, tudo remete ao corpo, tanto para suas faculdades inestimáveis quanto para sua fragilidade. O dançarino também coloca seus membros em movimento. Sem o fôlego, sem a respiração, o músico não seria ninguém.

O artista se lembra de tempos em tempos que ele praticava no passado a dança e a música. Assim, o intérprete de circo não detém o monopólio do corpo. Em *Livres de chair*, Abdallah, o acrobata de Genet, não tem mais mérito do que as bailarinas do Moinho de la Galette de quem Matisse tomou de empréstimo o impulso de sua *Dança*, ou que o ator Gerard Philipe, dirigido por Vilar no *Le Prince de Hombourg*.

Entretanto o mito do corpo selvagem está arraigado. As diferentes disciplinas do espetáculo chamado "vivo" não indicam um corpo bruto (quanto mais emancipado, mais ele seria desnudado, e a linguagem gestual substituiria o texto para sustentar uma fábula insólita). Elas dirigem as personalidades em atos e são, por sua vez, dotadas de histórias, nas quais os deslocamentos animam as obscuridades do texto, as aberrações do espaço, às ilusões do tempo. Corpo em atuação do teatro, corpo em tensão na dança, corpo em suspensão no circo: esses corpos interagem para exprimirem a impossibilidade de agregar o dizer e o fazer, de fundir o ser e o mundo, de habitar o solo sem viver nos sonhos. Todos demonstram que existe engano tanto nos gestos quanto no discurso e que não há mais segurança em ficar de pé do que em saltar. E cada uma dessas entidades parece, às vezes, desmembrar-se em unidades múltiplas, cuja fragmentação amplifica a dispersão das mentes.

O gladiador enfrentava a morte na esplanada do circo antigo. Em outro lugar o matador passa de raspão na elipse das arenas. Concretamente exposto ao perigo das feridas (fratura, mordida, queimadura, escoriação), sem falar do risco de contusão simbólica compartilhado com os agentes de outras especialidades, os intérpretes da pista convidam o medo para o círculo da lona, em companhia do júbilo que provoca o repentino relaxamento de sua tensão. No cerne dos dispositivos de representação eles introduzem a dupla instável que forma o riso e o temor.

A força do circo na vida das artes possui ainda outros aspectos, porque sua errância pelos cantos das cidades lembra a solidão dos artistas à margem da sociedade, porque seu combate contra a gravidade sugere que toda arte lança um desafio aos problemas e aos costumes. O saltimbanco (funâmbulo, acrobata, *voltiger*,[1] trapezista ou malabarista) foi descrito e deduzido, durante o século XIX, como uma efígie da aventura artística, na qual o destino englobava ao mesmo tempo a precariedade e a beleza da aventura criadora. Herói de uma luta paralela contra a gravidade, o *clown* ganhou espaço durante o século XX, de Farina (Jules Chevalier) ao Buffo (Howard Buten), como um representante singular da comunidade artística, capaz de focar a ironia da existência sob seu nariz e de chutar com força a altivez das classes mais abastadas.

[1] O termo compreende diversas modalidades de acrobacia. (N.T.)

Hoje nenhum tipo assume mais esse monopólio de figuração. Primeiramente porque os artistas da pista se tornaram tanto poetas quanto malabaristas, tanto cenógrafos quanto augustos, tanto artistas quanto domadores. Depois porque os atores manifestaram novamente a necessidade de se movimentarem e, em vez de unirem o gesto à palavra segundo a insolente fórmula comum, disputaram com os dançarinos tal habilidade de colocar as palavras à prova do corpo. Enfim, em razão de os diretores e coreógrafos terem colocado os artistas da pista nos palcos para acrescentar os argumentos do teatro e desenhar os passos da dança.

Na França foi necessário conjugar bem os esforços para favorecer essa evolução. Em primeiro lugar, as mudanças intervieram nos modos de transmissão das grandes famílias do circo, sobretudo aquelas que compreenderam que a tradição não poderia perdurar sem reformas. Assim, Annie Fratellini e Alexis Gruss fundaram suas próprias escolas em 1974 com o bastante tímido apoio do poder público. Esse período marca ainda as aspirações de 1968 tendo em vista, em segundo lugar, a eclosão de numerosas companhias independentes, que retomavam com a marginalidade dos saltimbancos, como é o caso do Grand Magic Circus, de Jérôme Savary, ou que celebravam a poesia subversiva dos *clowns*, como o Théâtre du Soleil, de Ariane Mnouchkine; entre elas, muitas seguiram compartilhando as artes da rua e as do palco. Na metade dos anos 1980, Archaos, Cirque Plume e Cirque Barroque saíram dessa esfera de influência para a qual os pioneiros e os herdeiros sempre abrem os caminhos.

Por fim o Ministério da Cultura, que duramente acabava de arrancar o circo da lenta tutela da agricultura em 1979, aproveitou a expansão das políticas culturais sob o impulso da esquerda para designar crédito para a criação de fundações especializadas, o que nenhum país da Europa tinha ainda feito, com exceção da jovem Rússia soviética, em 1927. O Centre National des Arts du Cirque (CNAC) de Châlons-en-Champagne nasceu dessa vontade em 1985. As escolhas estéticas de Bernard Turin, seu diretor desde 1990, o labor metodicamente elaborado no seu primeiro ciclo de Rosny e nas escolas preparatórias de Châtellerault, Mougins, Toulouse, Auch e Chambéry, bem como em outras centenas de escolas de iniciação agrupadas pela Fédération Française des Écoles de Cirque (FFEC), a atividade de informação e de consultoria aos profissionais conduzida pela associação HorsLes-Murs e, por fim, a estruturação do Syndicat des Nouvelles Formes des Arts du Cirque (SNFAC) contribuíram para o aparecimento de disciplinas que mantêm laços estreitos com as outras artes e relações tanto tumultuadas quanto apaixonantes com as convenções da pista. Outros contextos locais ou nacionais são suscetíveis a engendrar cruzamentos originais. A Alemanha, a Grã-Bretanha e a Bélgica desenvolvem seus circuitos profissionais. A Itália, pelo pouco que seu governo e seus poderes estaduais ou municipais consentem em prestar atenção, se apresenta rapidamente como uma montanha de competências e talentos.

Pois a linguagem do circo se elabora em uma dupla negociação: de um lado com a tradição, aquela que foi constituída durante o século XIX e codificada no princípio do século XX; por outro lado com as artes vizinhas, em que os inventores modernos azucrinaram de bom grado esse primo ao charme brutal. Gênero específico na ordem do espetáculo, o circo reconhece hoje sua dívida com a arte equestre da qual ele é proveniente. Ele redescobre suas raízes no teatro de feira em geral e na *commedia dell'arte* em particular. Ele prolonga uma velha história de amor com o cinema, ilustrado – entre outros – por Georges Méliès, Charlie Chaplin, Tod Browning, Max Ophuls, Frederico Fellini, Win Wenders... mas pouco depois ele começa a saltar por territórios comuns com a dança, levemente liberada da autoridade que o teatro e a música exerciam sobre ela nas casas de ópera. O circo frequenta o *jazz*, o rock, o *hip-hop*, o *rap*, mas também os compositores eruditos. Lembrando-se de Picasso e Cocteau, os plásticos, e não os menores, penetram seu universo (Daniel Buren, Christian Boltanski, Jannis Kounellis, Tony Brown, por exemplo, com a Companhia Foraine). O teatro se interessa pelos seus recursos expressivos. Tanto nos festivais quanto na mundo institucional, ele cutuca as artes de rua, com a qual ele compartilha um gosto dos espaços amplos e da comoção do grande público.

Para defender sua autonomia, restam ao circo ainda alguns traços de personalidade a serem afirmados. A estrutura de teto da lona, que permite o deslocamento da apresentação por 360 graus, faz parte disso, embora uma grande quantidade de artistas prefira as dimensões do espaço público ou mesmo o abrigo de uma sala dura com seu eixo frontal. A exigência da proeza, não importa sob qual ponto de vista, o distingue dos outros tipos de investimento corporal, mesmo quando esse requer um treinamento intensivo. A *performance* consiste frequentemente em dissipar a queda. Mas, diferentemente da ação esportiva, que solicita primeiro a potência depois a técnica, o circo eventualmente tem o estilo de superação, o ato artístico solicita a presença antes de qualquer movimento. Seja mantido ou não por um fio narrativo, o espetáculo de circo procede de um encadeamento de pequenos dramas no qual o corpo é o mecanismo, o vetor, o quadro, enfim, o ator e seu teatro.

Através desse conjunto de tempo condensado, o mundo do circo propõe uma réplica do mundo encolhida na qual ele oferece um espetáculo heterogêneo em que cada um deve encontrar suas marcas. Sua atualidade, digamos, se explicaria pela sua atitude de retirar a metáfora da mestiçagem. Assim, entretanto, como no cerne de todo conjunto evoluído, os indivíduos ou os grupos protestam pela sua particularidade em meio à tribo dos "circenses" – um epíteto tomado de empréstimo ao sotaque caucasiano que se entrega aos adeptos da viagem e da mistura! Esses compõem um grupo à parte, pois em proveito da integridade de seu universo íntimo, tal qual Johann Le Guillerm et Nikolaus, ao menos o nome da coerência de sua disciplina, à maneira de Bartabas, o homem que adora os cavalos, ou de Jérôme Thomas, o homem que adestra as balas.

Sendo assim, é necessário tomar a decisão de procurar as razões do ressurgimento dessas artes – pois de fato elas se conjugam no plural – com a obstinação que nos lembra a vulnerabilidade de nossa situação física e de nosso conforto material. Eles procuram uma estética do vazio que fascina uma época preocupada em perder os pés em sua própria confusão. Gérard Mace (1999, p. 85) como alguém apaixonado pelo circo, mas também pela mímica, pela dança e pelo cinema mudo, se expressa com destreza:

> [...] mas dizemos por fim que a furiosa pesquisa de um sentido, sob o risco de nem sempre se manter firme sob os próprios pés, é o que nos resta da necessidade da vertigem quando não nos conhecemos mais que o destino daqueles que estão assentados.

Dentro de um parênteses iluminado, os seres esbravejam o perigo do desaparecimento e de ser dissolvido no nosso lugar. O termo que se traduz por *vanishing* em inglês remete à distante parentela com a antiga causa da vaidade, para a qual a arte não parou de produzir avatares. Meu talento continua vão a não ser que se revele que tudo não passa de aparência (mesmo minha obra), que sua passagem será fugaz neste mundo e sua glória fútil em outro, parecia dizer o pintor da Renascença para aquele que contemplava o panorama das artes ornado de um crânio. Mexendo com uma morte que – muito felizmente – deve se manter virtual. O artista de circo coloca também sua figura na história das criações humanas. Para André Malraux (1996, p. 301), de fato,

> [...] se a palavra "cultura" tem um sentido é este que responde à cara que tem um ser humano quando ele olha para o que será sua face de morte.

Contudo a beleza não possui unicamente uma parte ligada à proeza ou ao perigo: ela tem suas próprias leis. A pirueta que o *clown* executa como um jeito de sair, o último giro do acrobata, o último lançamento do malabarista permitem, assim, que eles tracem um *vanishing point* (ponto de fuga). A perspectiva, dessa maneira, mantém alguns direitos nos turbilhões do circo.

Referências

MACÉ, G. *L'art sans paroles*. Paris: Le Promeneur, 1999.

MALRAUX, A. Discours pour l'inauguration de la maison de culture d'Amiens, 19 de março de 1966", *apud Les Affaires culturelles au temps d'André Malraux*, Comité de história do Ministério da Cultura, La Documentation Française, Paris, 1996.

Fotógrafo: Guto Muniz – Companhia Les Arts Sauts

O ARTISTA EM DESEQUILÍBRIO

Diante da diversidade de suas habilidades, o artista do circo se expõe deliberadamente ao desequilíbrio. Esse jogo entre o controle e a queda impõe que se corra o risco, tanto físico quanto estético. Ele exibe uma instabilidade dos corpos e dos objetos que remete a um modo de vida precário, mas também ao frágil estatuto da arte.

ESTÉTICA DO RISCO: DO CORPO SACRIFICADO AO CORPO ABANDONADO

Philippe Goudard

Tradução: Cristiane Lage

Um acrobata sobre o arame se lança para trás em um salto perigoso e retorna em pé ao mesmo lugar de onde partiu: o artista de circo resolve, através de uma figura artística, uma situação de desequilíbrio em que ele se colocou voluntariamente. Fazendo isso ele se expõe ao risco. Esse processo artístico de se colocar em perigo esconde, na cena do circo (bem como na da corrida de touros, do estádio ou do circuito automobilístico), um aspecto particular. Sabendo desse jogo entre equilíbrio e desequilíbrio ao qual ele se coloca – se tal jogo existe em outras artes (dramática, coreográfica) – impõe aqui que se corra um risco importante: alguns passos de dança podem se revelar mais mortais para um funâmbulo a oito metros de altura que para o dançarino no solo.

Às vezes o risco é simbólico (a queda da bola do malabarista ou ainda o comportamento desequilibrado do *clown*), mas o risco que se corre na cena é, na maior parte do tempo, real e vital, colocando em causa a integridade física do artista.[1] A vida é colocada em jogo na cena, e a morte – para ser conjurada? – é verdadeira e frequentemente convocada.

Quais são os equilíbrios que o artista de circo solicita? Como os equilíbrios provocados são dominados? Quais são as consequências e os riscos de um projeto como esse, desse processo e desse investimento? Essas questões se relacionam às diferentes etapas de criação de um espetáculo (aprendizado, construção, representação e aproveitamento da obra), pois as artes do circo

[1] Podemos nos referir a esse assunto com o martirológio do circo (Henri Thétard, *La merveilleuse histoire du Cirque*, 1947, seguido de *Le cirque depuis la guerre*, por DAUVEN, L. P. Juliard, 1978) e aos trabalhos sobre a patologia ligada à pratica do circo (GOUDARD, P.; BOURA, M.; PERRIN, P., 1989).

são às vezes uma educação, uma profissão e uma arte. Existiria obra de arte no circo se não existisse desequilíbrio? Submeter-se ao perigo seria uma modalidade de expressão dos artistas do circo?[2]

O aprendizado do risco

O equilíbrio humano está situado sob o domínio da função de estabilização que "garante aos seres vivos o equilíbrio estático ou dinâmico necessário à vida". Essa função é solicitada desde o princípio da aprendizagem das artes do circo por um conjunto de ensaios e de movimentos estruturados em sequências ou séries, alternando fases de repouso e de atividade, organizados de forma cíclica.

Podemos identificar quatro fases de aprendizagem. A primeira é a da descoberta. Ela possibilita a exploração do desequilíbrio por uma prática de imitação e uma sensibilização lúdica às supressões de apoio, reviravolta, lançamento e transgressão (jogos *clownescos*). A partir dessa etapa, o fato de correr o risco condiciona e limita o campo e o resultado da experimentação.

A segunda fase é aquela do controle. O desequilíbrio é resolvido e controlado por uma "figura" na qual a aquisição se faz por repetição. As cenas são situações estáveis, estáticas ou dinâmicas (fazer regularmente malabarismo com três bolas, manter-se em pé sobre um cavalo a galope, manter-se em apoiado sob as mãos e revirar-se, fazer um salto perigoso para trás...).

A terceira conta com o surgimento do domínio, sendo o praticante capaz de romper e retomar o equilíbrio segundo sua necessidade. Essa sucessão de situações estáveis estáticas ou dinâmicas, retomadas por momentos de ruptura, de desequilíbrio, onde se desencadeiam as figuras e se corre perigo, constitui a base da linguagem do circo.

A precisão dos processos neuromusculares é assim refinada no sentido de uma especialização, logo, de uma hiperespecialização. Nesse momento é possível retomar quatro disciplinas básicas das artes do circo: manipulação de objetos, acrobacia, adestramento e o jogo de *clown*, que se combinam em especialidades (acrobacia no cavalo, malabarismo no monociclo...).

A quarta fase é aquela da virtuose. O praticante é capaz de modificar a velocidade de execução, a amplitude e a força, o número e o desencadeamento das figuras. Aqui é permitido que ele se exprima e que espere eventualmente um grau propício à criação de uma obra de arte. Esse estado é aquele em que se pode manifestar plenamente o controle retroativo da ação em curso, no mesmo momento em que se realiza a proeza, ou seja, as capacidades de improvisação e de adaptação que permitem a interpretação.

[2] O aprofundamento dessa última questão corresponde a uma sugestão de Béatrice Picon-Vallin.

Dessa maneira, o fato de se colocar deliberadamente em desequilíbrio requer e permite a aquisição de capacidades neuromotoras que, pelo desencadeamento, transformam-se em uma linguagem específica dos artistas de circo. Essa modalidade de expressão pelo desequilíbrio cria a hipótese de uma estética do risco.

A composição da obra

Assim como o músico usa o silêncio e o pintor a sombra, o artista de circo compõe sua obra com uma referência permanente à situação de estabilidade (posturas, figuras ou comportamentos). Os referentes autenticam a *performance* e permitem ao espectador a leitura da obra e a retomada das proezas em cada uma das disciplinas de base. Eles podem ser um objeto (a bola de um manipulador de objetos, o trapézio de um acrobata), um animal (para o domador), um parceiro (no mão a mão), mas ainda uma percepção comum a todos (a posição de pé para a acrobacia de solo) ou uma norma comportamental (no caso do *clown*). A progressão e a intensidade das variações estabelecidas relativamente pelo artista na posição estável oferecem ao seu espetáculo uma tensão, uma expressividade particular e permitem a mensuração da proeza.

Entre os elementos da obra, o grau de fragmentação do espetáculo (programação alternando vários números do circo clássico, unidade formal do novo circo) é um índice de estabilidade ou de equilíbrio da composição. Pela sua dramaturgia (de inspiração teatral) o novo circo é, de uma forma particular, sob esse ponto de vista, frequentemente e particularmente estável. No circo, essa alternância entre a situação estável e instável deixa aparecer uma estrutura cíclica do espaço e do tempo.[3]

Essa estrutura – seria necessário verificar se ela tem ou não uma característica invariável – se manifesta em diversas escalas do sistema: desaparição e ressurgimento do circo e de seus componentes na história, deslocamento e ritmo dos espetáculos (turnês, mostras), demonstração periódica da lona, presença e ausência periódica do artista na cena, partida seguida de retorno ao ponto inicial na composição espacial e temporal dos números, micro e macrociclos de treinamentos (ensaios) e *performances*, itinerário cíclico do espaço limitado da cena, balística dos objetos (humanos, animais e materiais), fisiologia do artista no trabalho (Barberet, M.; Goudard, P., 1993, p. 71-103).

A observação das obras no circo do passado, ou de espetáculos que apresentam analogias formais com o circo, permite verificar a permanência

[3] Ela está certamente simbolizada e manifestada pelo *círculo*, elemento cenográfico fundamental do circo. A *vertical*, sua complementar, permite falar ao circo o que é celeste e o que é subterrâneo. Na composição do artista ela marca a intensidade enquanto o círculo marca a duração.

da descontinuidade, da ruptura na evolução de suas formas no tempo que transcorre. A comparação entre as formas estabelecidas das artes do circo e dos espetáculos vizinhos (jogos gregos, circos romanos, mistérios e torneios da Idade Média, corridas, esportes modernos) coloca em evidência algumas convergências: área de jogo central, variedade dos gestos, espetáculos de palco (descontínuos ou fragmentados), correspondências com os ritmos do momento e suas comemorações (festas e ritos de passagem), encenação da *Agonia*, da morte e do renascimento, definhamento ou inovação formais coincidindo com as crises políticas ou sociais (decadência romana, Revolução Francesa, Maio de 68), retomada das formas não pensadas pelas correntes filosóficas ou por diferentes maneiras de pensar (jogos gregos, seguido dos romanos com os mistérios cristãos da Idade Média, ao imperialismo revolucionário e industrial e, por fim, à retomada libertária seguida da assimilação institucional).

A situação da estabilidade e da instabilidade que induz à verdadeira inovação na forma nas artes do circo pode, então, ser pensada. Na época das artes virtuais, o circo seria alguma coisa além de "um espaço de reciclagem"? Podemos vê-lo ainda como uma "arte do lixo", por onde passeiam os dejetos da produção artística em série. São os excluídos do paraíso das artes nobres que andam com os pés na lama a serragem ou a rua, os restos esparsos do trabalho cumprido na procura de uma redenção social e institucional politicamente correta em função de uma encenação do erro e do sucesso?

A apresentação

Além da análise crítica que pode ser conduzida a respeito de um espetáculo (um instrumento específico a respeito das artes cenográficas está prestes a aparecer), é importante a consequência da apresentação repetida de sua obra (sua reapresentação) para o artista.

O artista de circo realiza uma *performance* equivalente a de um atleta de alto nível. Mas diferentemente do atleta que treina tendo em vista algumas competições periódicas, o artista conduz sua obra diversas vezes por dia (e até trezentas vezes por ano). Nesse contexto, a saúde "equilíbrio exato das forças que compõem a vida orgânica ou psíquica" não faz nada além do que ser exposta aos "riscos da profissão".

É por isso que a biologia aplicada às artes do circo e particularmente a medicina colocam três questões: o circo faz mal? Quais mecanismos estão implicados? Como os profissionais de saúde podem contribuir com os artistas? Para a primeira questão, é possível responder sem hesitar: o circo faz mal. O martirológio e a patologia das artes do circo atestam isso. Nós havíamos demonstrado (Goudard, P.; Perrin, P.; Bourra, M., 1992, p. 141-150) que é impossível de fazer circo sem risco e que existe a partir da preparação uma quantidade de trabalho que, quando excedida, causa ferimentos significativos. Esse estado crítico está muito próximo daquele que permite o progresso técnico, e a margem da manobra é muito estreita entre os protocolos de treinamento eficazes e os que poderiam destruir aqueles aos quais se pretende formar. Em outros cenários (outras áreas de jogo centrais), o matador, o boxeador ou o piloto de Fórmula 1 também conhecem e aceitam os riscos indispensáveis em um aprimoramento especial para um espetáculo de qualidade.

Os fisiologistas, especialistas em energia, cronobiologia ou neurofisiologia humanas (mas também em zoologia, área em que existem numerosas referências bibliográficas sobre o assunto) se inclinam diante da segunda pergunta há vinte anos, principalmente na França. Entre eles, os especialistas em equilíbrio humano e, com notoriedade, desde 1988, os professores Bourra e posteriormente Perrin, em Nancy, que trataram com especialidade essas questões fundamentais.

A contribuição da biologia aplicada às artes do circo reside no desenvolvimento da pesquisa em conjunto com a medicina em campo (uma prática que desconhece as realidades do exercício artístico é ilusória e perigosa). Ela engloba a melhoria das condições de segurança dos artistas, o desenvolvimento de sua *performance* através de um conhecimento maior dos mecanismos solicitados, o progresso na cura dos ferimentos e a reeducação, prolongada por uma readaptação específica. Mas a essência está na prevenção que começa com os critérios de seleção dos alunos e se estende até o acompanhamento de artistas altamente qualificados.

A exploração da obra

O ato de explorar uma obra de circo, em se tratando de um número ou de um espetáculo (clássico ou novo), impõe ao praticante uma condição de vida e de exercícios muito forçados. Itinerância, vida coletiva, precariedade frequente das condições de trabalho, marginalidade (vivenciada ou colocada em representação), parada precoce da prática (especialmente para as mulheres) influenciam a vida cotidiana dos artistas, desde a juventude, em um universo de dificuldades. Os riscos de desequilíbrio sob essa pressão – não desejada e mal controlada – podem fazer retaguarda ao estatuto social do artista (sua subsistência, sua assistência social, sua eventual reclassificação profissional, seu futuro depois do circo). Sua saúde, como acabamos de mencionar, e também o reconhecimento, seu sucesso e sua prosperidade são submetidos às regras de uma profissão na qual a ausência de risco não existe. Sendo assim, os ferimentos podem ser físicos, mas também narcísicos e econômicos.

A proeza do artista de circo está intimamente ligada à superação de si com a ruptura permanente se seu equilíbrio vai muito além da cena. Correr o risco é indispensável para praticar as artes do circo, e o patafísico que foi Boris Vian teria sem dúvida admitido a equação: risco=circo=crise.

Do corpo sacrificado ao corpo abandonado

As três etapas de realização da obra (a aprendizagem, a composição e a exploração do espetáculo) correspondem a três situações do corpo do artista: o corpo ferramenta, o corpo objeto significante e o corpo explorado. Ou então sacrificado. É possível então defender outra hipótese. A falha, consequência do risco, está bastante presente no espírito dos artistas bem como no dos espectadores do circo, e com ela, a ideia do erro, da degradação, da culpabilidade e da redenção. E assim a ideia do sacrifício, herdada do cristianismo, para quem está reunido em uma só pessoa – que pode então ser o artista – o oficial, o deus, o sacrificado e o que se beneficia do sacrifício.

Se quisermos que a obra dure e a apresentação se estabeleça, os artistas necessitam de ferramentas para correr o máximo de riscos sem se destruírem nem se sacrificarem. A organização de uma política sanitária adaptada os ajudará tanto quanto a difusão de informações necessárias e o relacionamento dos profissionais de circo com os da saúde. A informação e a formação dos profissionais preparados pela especificidade de sua arte vão favorecer a sua libertação das artes afins (teatro, dança, etc.); vão permitir o desenvolvimento de uma crítica do circo conduzida por analistas competentes, que vai encorajar o desenvolvimento da formação de uma especialidade, sob critérios adaptados às particularidades da área (tal como o tempo necessário para a elaboração de um trabalho, por exemplo); e, por fim, vão reabilitar o rigor científico ali onde se punem os mitos.

Entretanto, até que ponto essa ajuda pode existir? O crescimento do número de locais de formação e os incentivos permitiram a institucionalização dessas artes depois de alguns pioneiros terem proporcionado sua redescoberta pelo público. Paralelamente ao crescente conforto do exercício que dela resulta, essas ajudas não comportam um importante risco de ver a prática se desintegrar?

Pedir ou permitir a um artista de circo que ele não corra mais o risco é provavelmente a mesma coisa que diminuir a capacidade do motor de um carro de corridas ou lixar os chifres de um touro para evitar acidentes. Não seria ainda também estimular certos artistas em detrimento de outros, ou seja, tratá-los em termos competitivos e ilegais sabendo que o circo não é nem um esporte nem uma competição? Atenuar o perigo, a capacidade à instabilidade e ao desequilíbrio não seria correr o risco de fabricar um circo adaptado, bem educado, um circo "como se deve", em uma "situação de repouso resultante das forças que se destroem"? Enfim, uma arte estável. Estabelecida?

O futuro do circo, além da supressão da possibilidade de falha, não reside na evolução do sentimento de culpa que – costume ou tradição – está ligado ao risco que se corre? O corpo sacrificado se tornaria assim o corpo abandonado – para o prazer do artista e do espectador, sob a égide do desejo criador. Correr o risco é um pecado ou um prazer? E se a falha fosse parte integrante da conquista? Portanto, é necessário pesquisar a origem do crescente sucesso dos jogos de pista hoje em relação à capacidade dos artistas de sublimarem uma possível crise voluntária em um instante de felicidade. Esse sucesso invade um momento de nossa história em que foi provada (ou mantida) na insegurança uma crise latente, da qual a saída não parece possível de evitar nem de controlar, e que, sendo assim, parece causa de infelicidade.

E se toda arte, toda estética, fosse proveniente de uma crise?

Referências

BARBERET, M., GOUDARD, P. Le cirque ailleurs. In: *Ecrits sur le sable*, n.1, nov. 1993, Montpellier: Artistes associés pour la recherche et innovation au cirque, p. 71-103.

GOUDARD, P.; PERRIN, P.; BOURRA, M. Intérêt du calcul de la charge de travail pendans l'aprentissage des arts du cirque. *Cinesiologie*, 1992, 31, p. 141-150.

O CORPO EM SUSPENSÃO

Denys Barrault
Tradução: Cristiane Lage

Para se realizar em campo uma cena acrobática, é necessária uma excelente postura e integridade do conjunto das funções de orientação e de evolução nas três dimensões do espaço. Uma falha mínima altera a figura acrobática ou limita seu valor artístico.

A posição inicial

No começo de toda evolução no espaço, o acrobata se situa numa posição inicial cuja principal característica deve ser a estabilidade. O artista aparece bastante concentrado na procura de apoios podais estáveis, a partir dos quais ele poderá elaborar uma sucessão de rotações corporais no espaço.

A posição ortoestática sobre um solo fixo coloca em ação diversas estruturas anatômicas e fisiológicas. Nos tecidos cutâneos se situam os receptores sensíveis ao mais tênue contato, ao apoio, ao esmagamento, ao frio, ao calor, à deformação dos tecidos, à mordida ou à dor. Todos os receptores originalmente são de informações táteis, permitindo identificar e reconhecer o espaço sob o qual se efetua o apoio. O artista verifica sua posição inicial e procura encontrar o conforto que lhe é de costume para, em seguida, construir a evolução gestual que preparou. É fundamental que a cena acrobática do espetáculo se situe com relação aos mesmos marcos usados durante os ensaios, pois o reconhecimento da posição inicial pode ser perturbado pelo uso de sapatos ou pela modificação da textura do solo. E foi constatado que a sensibilidade cutânea podal é muito mais fina e detalhada nos acrobatas que trabalham descalços do que naqueles que trabalham calçados.

A estabilidade da posição inicial depende também das informações sensitivas percebidas pelos receptores musculares, tendinosos e articulares. Dentre eles, os fusos neuromusculares, que são bastante sensíveis ao menor alongamento, provocando, através de seu estímulo, uma contração muscular. Sendo assim, a mínima oscilação no corpo na posição inicial ativa um aumento do tônus dos músculos posturais. Os receptores tendinosos são sensíveis sobretudo ao alongamento dos tendões e reforçam as informações musculares. Para manter uma posição ortoestática estável, é necessária a intervenção coordenada do grupo de músculos posturais, situado ao longo dos membros inferiores, e da coluna vertebral, que sustentam tanto os membros superiores quanto a cabeça. Essa intervenção aciona os receptores posturais, as vias nervosas, medulares e cérebro-cerebelosas.

Além de todos os aspectos de reflexo inconsciente, a estabilidade da posição inicial é percebida conscientemente. O artista aperfeiçoa sua estabilidade procurando referências situadas ao redor de seu corpo. Mentalmente ele verifica a horizontalidade e a verticalidade, visualiza sua posição inicial e sua posição final e pode, ainda, procurar referências intermediárias. No ensaio, ele determina sua posição com relação ao público e aos seus parceiros. Todos os elementos têm sua devida importância: constantemente o acrobata experimenta dificuldades em perceber sua posição inicial sabendo que um barulho insólito, uma música incomum, um odor nauseabundo, um projetor ofuscante e o deslocamento do público na primeira fileira o incomodam.

Nesse sentido, a posição inicial necessita de um conjunto de elementos entre os quais alguns pertencem ao artista, e outros, ao seu entorno. Contudo é importante estimulá-la, pois a estabilidade inicial dá condições para a realização da figura.

O desenvolvimento da figura

Uma figura acrobática se define como realização de rotações variadas em todos os espaços planejados. Essas rotações podem se desencadear de diversas formas, são tão numerosas quanto rápidas e dispõem de um grande espaço entre a posição inicial e o ponto de destino. Esses dois elementos condicionam a figura acrobática quanto a sua dificuldade ou fragilidade. O público pode experimentar emoção ou admiração na medida em que uma cena difícil é perfeitamente realizada.

Para fazer rotações rápidas, o artista deve adquirir uma musculatura forte e repetir cotidianamente o gestual com o objetivo de realizá-los sem uma reflexão cortical, como se ele tivesse se tornado automático. Essa habilidade condicionada necessita de um treinamento progressivo baseado em uma excelente pedagogia do professor, um desenvolvimento cuidadoso na dificuldade e, sobretudo, a confiança do aluno com relação à solicitação de seu professor. O aluno pode superar um grau de dificuldade somente se tiver confiança em seu professor, que conhece suas possibilidades, propõe sua formação com discernimento e apoia o aluno com sua presença cuidadosa, pronto a ampará-lo em uma possível queda. A relação entre o aluno e o professor é tão importante que uma mudança pode conduzir à perda da cena ou à regressão do aluno. É o caso de um acrobata que sabe apresentar uma figura difícil, que adquiriu notoriedade graças a essa figura e que não é mais capaz de realizá-la em função de uma situação conflituosa com seu professor. O aluno foi inibido pela perda de confiança que dava base à realização da cena. A perda da figura pode ser total, mas na maioria das vezes é parcial, culminando em uma cena definitivamente imperfeita. Para tentar recuperá-la, é necessário que um novo professor experimente uma pedagogia que utilize um novo aparelho ou um outro desencadeamento.

Durante a realização da figura, o acrobata tem um retorno de seu desenvolvimento através diversos receptores. Os ouvidos internos possuem estruturas sensíveis às variações de rotação da cabeça nos três planos do espaço e à aceleração dos deslocamentos verticais e horizontais. Essas estruturas, protegidas pelos ossos do crânio, têm um papel fundamental na percepção da evolução do corpo no espaço. Mas, às vezes, elas podem se modificar, causando vertigens que alteram não apenas a acrobacia, mas também uma simples caminhada. As informações captadas pelas estruturas sensitivas dos ouvidos internos desencadeiam reflexos de gestos que o estímulo cortical pode atenuar e manter. Isso é observado quando a cena é realizada de forma perfeita segundo a bagagem de treinamento e aprendizagem. Entretanto, a correção cortical não é suficiente quando um fenômeno imprevisto surge na cena, o que, em consequência, se transforma, então, numa queda que deve ser amortecida.

O acrobata pode direcionar seu desenvolvimento pelas percepções oculares. Durante as fases de rotações rápidas, os olhos estão normalmente fechados. Contudo, durante breves instantes o artista procura as referências visuais que ele determinou a partir de sua posição inicial. Encontrar essas referências dá conforto para a trajetória acrobática. Se a visão é ofuscada por um *flash* ou um projetor de alta potência, as referências não são mais encontradas e a trajetória fica perturbada, o que pode trazer alterações no objetivo a ser alcançado.

O sucesso depende da qualidade da trajetória, que pode ser eventualmente corrigida pela visão ou pelo toque durante a realização. Se o artista pratica pelo contato com um aparelho, ele pode adaptar essa situação graças às informações adquiridas pelos receptores cutâneos e locomotores, bem como pela visão. Se ele realiza sua prática em contato com um aparelho, ele dispõe de uma referência visual próxima que permite, frequentemente, o ajuste de sua trajetória. Contudo, se o artista pratica em um grande espaço ou se ele passa de um aparelho a outro bastante distante, fica difícil corrigir, e cada perturbação toma proporções que prejudicam a conquista de seu objetivo.

O objetivo final

A trajetória do acrobata culmina em um objetivo preciso no campo da recepção estável. Após realizar as rotações, o acrobata segue em direção à aterrissagem abrindo os olhos para visualizar claramente o espaço de recepção. Eventualmente ele ajusta sua trajetória por movimentos dos membros superiores. Em contato com o solo, os receptores articulares são muito sensíveis às variações de pressão e de amplitude e vão permitir, através dos reflexos, o aumento do tônus do grupo de músculos posturais dos membros inferiores e do tronco. Esse trabalho muscular coordenado protege o esqueleto de ondas de choque.

O comportamento do acrobata muda rapidamente quando este chega ao objetivo final. Ele descontrai sua postura e relaxa sua fisionomia, permitindo, conforme o caso, sorrir para cumprimentar o público. A atenção e a atividade muscular requeridas durante a realização da cena acrobática tiveram efeitos metabólicos, visivelmente o consumo de glicídios e a produção de calor e suor. O uso de fantasias e o trabalho sob os projetores contribuem também para a elevação térmica corporal e para a produção de suor. Se o artista não pode prevenir esses efeitos, ele pode ser perturbado por uma hipoglicemia ou por uma desidratação. Essas situações alteram a atividade cortical podendo causar mal-estar e apresentar alguns perigos para a realização e a recepção. Por outro lado, acontece de o artista, às vezes, evitar beber e comer para não ser incomodado por regurgitações estimuladas pela posição de cabeça para baixo. Ele aprende então a fracionar sua alimentação e a escolher alimentos de fácil digestão, ricos em glicídios complexos. Sendo assim, sem detalhar todas as estruturas anatômicas e os fenômenos de assimilação colocados em prática para a realização de um trabalho acrobático, constata-se que um artista pode se expressar apenas se tiver um corpo perfeitamente preparado e isento de infecções que possam alterar sua estrutura de equilíbrio.

De uma a outra disciplina acrobática, as figuras de base são idênticas, as modalidades de aprendizagem são semelhantes, mas a personalidade de um artista se exprime progressivamente em uma especialidade na qual ele se aprofunda dia a dia. A repetição e a constância do trabalho acrobático são o que permite aos diversos receptores *próprio-sensitivos* serem refinados e provocarem respostas motoras e posturais que sejam exatas e coordenadas. Na sequência da máxima automatização do gestual acrobático, o artista pode preencher de emoção e graça, de harmonia e de signos, fazendo acreditar em um aparente desembaraço.

ATLETA, ATOR, ARTISTA?

Corine Pencenat
Tradução: Cristiane Lage

As gerações que contribuíram para a difusão de um eventual "novo circo" são provenientes em boa parte da formação de 1986 a 1989 no Centre National des Arts du Cirque (CNAC) de onde surgiram as companhias Les Nouveaux Nez, Cirque Ici, Que-CirQue e Les Arts Sauts. Os debates na Escola giravam em torno da questão do intérprete não apenas como atleta, mas também como artista.

A antiga vinculação do gênero ao Ministério da Agricultura francês mantinha a presença dos animais no circo tradicional. Esse era essencialmente um modo de existência: uma maneira de se inserir no círculo das caravanas, um oásis de vida e de trabalho, de estabelecer uma fixação nômade, mas com referências definidas, cotidianas, constituídas pela administração dos fundos, o cuidado dos animais, dos materiais e do corpo que é aqui a ferramenta de trabalho. O espetáculo chega depois de um dia de sobrecarregado labor, o que constitui uma clara diferença com o modo de vida no teatro, onde o ator está livre para se preparar a seu bel prazer para a apresentação da noite. Esse modo de vida, "agrícola", foi adotado, em sua maior parte pelas novas companhias.

A inovação pedagógica

Se, em 1979, o circo segue sob a tutela do Ministério da Agricultura (Secretaria do Teatro e dos Espetáculos), a legitimação surge dez anos mais tarde no contexto do CNAC, com a criação da École Supérieure des Arts du Cirque (ESAC), em Châlons-sur-Marne (hoje Châlons-en-Champagne), em 1985. Esta última foi preparada com um primeiro ciclo estabelecido em 1991 ao lado da Escola Nacional de Circo de Rosny-sous-Bois. A ideia de uma pedagogia que não mais substitui a tradição oral e familiar foi mantida pelos antigos atores do teatro de rua dos anos 1970. A união entre a tradição e a inovação segue por esse trilho. Os textos publicados em 1988 (pelos quais os Ministérios da Educação Nacional, da Juventude e do Esporte – em conjunto com o Ministério da Cultura e da Comunicação) criavam a equivalência entre o ensino de Châlons e suas filiais universitárias, por sua vez, homologaram a criação de um brevê artístico para os técnicos de circo e de um diploma das profissões das artes do circo. A proposta para o poder público tinha, entre outros objetivos, garantir ao jovem do circo a possibilidade de se estabelecer enquanto ator social em caso de acidente.

Quanto ao desenvolvimento do curso, foi Bernard Turin, no momento em que assumiu a direção do CNAC em 1990, quem introduziu uma mudança decisiva: ele optou por convidar um coreógrafo ou diretor para elaborar a criação do espetáculo de fim dos estudos de um ano chamado de "Invenção Profissional". Segundo diversos observadores e críticos, o sucesso dessa iniciativa e a projeção das peças assim encenadas por Josef Nadj, François Verret, Jacques Rebotier, Ela Fattoumi e Eric Lamoureux, Francesca Lattuada e Guy Alloucherie puderam eclipsar a importância das inovações contidas nos princípios pedagógicos que presidiam a abertura da Escola de Châlons. Esta última mantinha, e ainda mantém, uma nova concepção do artista de circo. Este artista, longe de ser apreciado segundo a dificuldade de suas performances e determinado indefinidamente a uma técnica específica, era considerado como o vetor de sua obra, capaz de dialogar tanto com os atores quanto com os demais intérpretes de outras áreas. Seria importante, então, lembrar as definições e opções determinadas.

O jovem formado em artes do circo, com relação ao brevê, deveria ser reconhecido como um "artista-intérprete", e com relação ao diploma, "como um criador-realizador de números em uma ou várias técnicas específicas do circo, amortecidas por uma formação de ator". A especificidade dessa formação resultava de duas tendências convergentes: a polivalência e o estatuto do artista. As determinações ministeriais definiam o objetivo: "Mesmo que uma disciplina seja privilegiada neste ciclo de estudos, a interdisciplinaridade se mantém no centro da formação." Isso significa formar artistas polivalentes, dominando uma disciplina expressa através do número final que sanciona os estudos, mas sendo também capazes de enriquecer sua formação pela capacitação em outras disciplinas e, ainda, de orientar posteriormente sua carreira em direção a uma ou diversas outras especialidades.

O objetivo inicial da polivalência entrava em profunda contradição com a tradição, o que não deixa de provocar resistências no núcleo da Escola.

Montar um número de alta *performance* demanda uma dedicação absoluta à disciplina escolhida. O número era o meio de sobrevivência de um artista de circo clássico, sua ferramenta de trabalho. O número fica cravado na pele, não se pode trocá-lo como se fosse uma camisa! Além disso, o número era concebido com total autonomia. O artista era o único proprietário, ele o vendia de um circo a outro pronto, para ser apresentado. Ele era responsável por seus aparelhos e, assim, por sua segurança, o que não é necessariamente mais o caso quando o artista de circo é definido como "um intérprete". O intérprete presta serviço a um diretor ou coreógrafo. A produção se torna, a princípio, responsável pela sua segurança. Por outro lado, a formação do circo clássico fornecia ao espetáculo sua forma estética de tipo "montagem", um número podendo ser substituído por um outro. A "teatralização" do espetáculo de circo foi favorecida pela mudança do estatuto circense de profissional de circo formado segundo um modelo de "artista-intérprete".

O brevê artístico, preparado para dois anos, era composto de um curso semanal dividido em 14 horas de formação artística (música, expressão corporal, dança clássica, *jazz*, acrobacia, caracterização de personagem, expressão dramática e artes aplicadas), seis horas de formação geral e 14 horas de formação profissional (técnicas de circo, de espetáculo, etc.). Os domínios artísticos e técnicos eram tratados de forma equitativa.

Para o diploma, também em dois anos, o curso era constituído de oito horas para formação artística, enquanto 20 horas eram dedicadas à formação profissional e seis horas à formação geral. Os cursos para "formação do ator de circo" (FAC) criava o elo. Eles garantiam a transversalidade entre as disciplinas. Portanto, no total de quatro anos as formações artísticas ocupavam um expressivo um terço do tempo total de estudo.

A partir da criação da Escola foi colocada uma grande ênfase na criatividade do estudante. Nesse sentido, tanto o ensino quanto o processo de seleção continham um ideal: receber "personalidades". Um jovem de 16 ou 18 anos não possui a mesma experiência que um adulto, e nas primeiras seleções era possível encontrar tanto pessoas muito jovens, de 14 anos, quanto adultos de 23 a 27 anos! A importância concedida ao ator de circo, "aquele que alimenta sua personalidade e sua criatividade através dos meios técnicos do circo", legitimava um tipo de seleção que depois evoluiu em direção a critérios mais homogêneos.

A FAC foi criada sob a responsabilidade de Pierre Bylan (ator e *clown* formado por Jacques Lecoq), com uma equipe constituída por Robb Bruyère, Giovanni Calo, André Riot-Sarcey, Ctibor Turba. O objetivo era "não somente apresentar o trapézio ou o malabarismo, mas avançar em cólera, se preencher de alegria, fazer malabarismo para resolver uma situação. Cada movimento deveria poder expressar um sentimento, e isso até no *clown*".[1] A formação, inspirada nas técnicas de Jacques Lecoq, do mímico Decroux, de Dario Fo., era estruturada no jogo com as máscaras, na commédia dell'arte, na mímica, nos bufões e no *clown*. Sua base contava com a improvisação. A interdisciplinaridade se efetivava essencialmente na música, na dança, no malabarismo e na acrobacia. O debate na escola e em seu entorno se detinha na possível teatralização de um número.

A experiência mostrou, em seguida, que ser ator e acrobata é bastante difícil no momento em que se corre o máximo de risco. Por outro lado o risco se torna um dos maiores princípios daquilo que faz o circo. "O circo se mantém inteiramente na dificuldade" (Chklovski, 1973, p. 130). A execução das figuras demanda total concentração. Quando se tenta um mergulho, a experiência mais próxima para cada um de nós é saber que não se pode pensar em nada além dos movimentos a serem executados, sob o risco de se espatifar no chão.[2]

Atores e circenses

A abordagem da diferença entre atores e circenses por Laurence Mayor é bastante esclarecedora.[3] Essa atriz, formada pela École du Théâtre National de Strasbourg (TNS), se apresentou nos últimos trabalhos de Valère Novarina e participou de uma pesquisa sobre *Le chemin de Damas*, de Strindberg, com os alunos do CNAC e do TNS. Segundo ela, os artistas de circo possuem uma grande capacidade de concentração, sendo sua relação com a linguagem induzida, acima de tudo, pelas situações físicas. O narcisismo do artista de circo se relaciona com a conquista ou o fracasso da cena, e não por questionamentos psicológicos da ordem do "quem sou?". Essa especificidade implica uma autocensura menor do que aquela dos atores de teatro. Os objetivos dos artistas de circo são muito precisos: eles passam por questões de "física viva": "As leis de equilíbrio, do corpo no espaço, do movimento". A maior dificuldade encontrada por Laurence Mayor, e que foi esclarecida logo depois de algumas conversas com os estudantes de Chalôns, se encontrava no fato de que ela pedia que fosse expresso o medo diante do ato de se correr um perigo físico, metáfora de uma situação de pesadelo. Foi verificado que essa solicitação não podia ser compreendida porque todo o trabalho dos

[1] Material pedagógico interno da Escola Superior de Circo de Châlons-sur-Marne, 1988.

[2] No texto original, o autor emprega a expressão "*faire un plât cuisant*", ou seja, se espatifar na água e queimar a barriga. (N.T.).

[3] As observações aqui relatadas são provenientes de uma entrevista para um estudo sobre a formação pluridisciplinar do intérprete encomendada pelo Centre National de la Recherche Scientifique (CNRS).

artistas de circo consiste especificamente em desviar os limites do perigo, em aprender a "administrar o medo", em "positivá-lo".

O trabalho do ator necessita de uma tripla diferenciação entre a vida privada do indivíduo (ator), o personagem e o ator sob o tablado (veículo e agente AGENT do personagem). Essas três dimensões (aquela que é, aquela que apresenta e aquela que faz) têm a tendência de se fundirem num mesmo momento de execução da proeza técnica. A prova disso está na diferente relação do artista de circo com a apresentação no momento quando a cena é perdida; ele recomeça até conseguir, como se a busca por si só pudesse simbolicamente conjurar a morte. Conclui-se nada além de que a relação com o público é bastante diferente daquela do teatro. Trata-se de uma relação direta. E se o público espera mais ou menos conscientemente o acidente, ele plebiscita com mais entusiasmo o artista ressuscitado pela cena finalmente realizada. O circense existe somente pelo ato que une seu corpo aos aparelhos escolhidos e ao espaço no qual eles conjuntamente se movem. O ator, pelo contrário, será julgado o quanto mais hábil ele for em conseguir retomar um erro sem que o público perceba. Aqui, o quarto muro da ilusão teatral não deve ser derrubado. Se no contexto do circo se aceita que um de seus maiores critérios com a pista circular seja o perigo, seria então normal que a teatralização de um número apresente com frequência um aspecto aleatório no momento da proeza, pelo menos de inseri-la numa visão dramatúrgica global ou mesmo coreografar o número pensando no conjunto do espetáculo. Pode-se deduzir que se trata de uma das razões pelas quais as gerações que se seguiram em Châlons se encontraram levadas por uma dinâmica coreográfica remetendo, ao mesmo tempo, aos números e ao conjunto do espetáculo.

A noção de *performance* é válida no circo, onde se fala da "*performance* atlética", bem como no teatro: uma "*performance* de ator" significa que o personagem e o universo da peça se apagam por trás de um ator no palco. Da mesma forma, a questão do valor artístico atravessa os dois setores. O valor artístico agregado depende de sua capacidade de se situar no mundo, de possuir uma compreensão que alimentará os gestos e a voz dos personagens, de criar um " estado poético"[4] que remeterá para longe, fora dos muros da sala, o imaginário do espectador. Para um circense, ele será ligado à imagem que ele suscita, pois o circo é, acima de tudo, "uma ópera para os olhos", citando Théophile Gautier. A imagem ótica se tornará poética em função da síntese das relações entre seu corpo, outros corpos, os objetos com os quais ele está em relação e o espaço dinâmico assim criado.

[4] Expressão de Stéphane Braunschweig, em entrevista realizada para o Centre National de la Recherche Scientifique (CNRS).

Em 1861, durante uma conferência chamada "Podemos ensinar a arte?", Gustave Courbet respondia nestes termos: "A arte [...] não saberia ser para um artista, nada além do que um meio de aplicar suas habilidades pessoais sobre as ideias e as coisas da época na qual ele vive." Cada artista é seu próprio professor. Nós vivemos constantemente no mito do indivíduo artista genial inaugurado por Courbet. A teatralização do circo se insere nessa tendência de procurar visualizar o surgimento das individualidades fortes. Contudo o "suplemento de alma", fermento de uma situação poética que fará a diferença entre uma *performance* de ator ou uma *performance* atlética, todas as duas julgadas na medida de sua eficácia, não poderá ser ensinado. No máximo, poderá ser cultivado.

Referência

CHKLOVSKI, Victor. *La marche du cheval*. Paris: Éditions Champ Libre, 1973.

EMPRÉSTIMOS E MISTURAS

A lona sempre foi um espaço aberto à pluralidade de gêneros e de linguagens. São numerosas as companhias que buscam referências para seus materiais em outras disciplinas artísticas. Em sentido inverso, a dança e o teatro integram elementos significativos no universo do circo. Algumas figuras inéditas e obras incontestáveis surgem desse cruzamento

O NASCIMENTO DE UM GÊNERO HÍBRIDO

Floriane Gaber

Tradução: Cristiane Lage

O fim dos anos 1950 assiste, na França, ao nascimento daquilo que vai se transformar no Ministério da Cultura. Os teatros e outros locais de disseminação da arte, tanto em Paris quanto no interior, são em sua maioria privados, recebendo *music-hall*, teatro de divertimento – chamado de *boulevard* –, ou ainda, teatro de poetas, teatro do absurdo, que colocam em cena os *clowns* tristes da existência. Contudo, esses não solicitam mais a estética do circo como fazia Jean Cocteau.

Um pouco mais tarde, Jérôme Savary e seu Grand Magic Circus iluminam as ruas com seus desfiles musicais e fantasiados para funcionar melhor, à noite, no teatro experimental, à maneira de Arrabal e de Victor Garcia, encenando Zartan ou Robinson. Por sua vez, Ariane Mnouchkine monta *Les Clowns,* espetáculo fundamentador no qual as premissas assistem no sul o dia sobre o palco. O *clown,* e a exposição que a Biblioteca Nacional lhe dedicou em junho de 2001 mostrou isto, na verdade se viu determinado, em menos de meio século, ao papel de exibidor de animais, em seguida ao de acrobata, para avançar depois em direção ao personagem, próximo ao ator na arte da composição. Se o teatro e o cinema o tomaram para colorir seus palcos, de forma inversa ele se desenvolveu pouco a pouco sob o teto das especificidades baseadas na interpretação e na caracterização.

Nos anos 1970, na França, o circo tem o sabor da tradição, que alguns não deixam de achar um pouco rançoso, quando dois cavalos miseráveis brigam com ele para o sábio cãozinho e para o prestidigitador nem sempre talentoso. Nunca os homens da profissão vão admitir, no entanto esse é o quadro que eles instalam alguns anos mais tarde, aquele para quem a renovação chega.

Uma forma de arte popular

O Maio de 68 está ainda em todas as memórias, o desejo se faz urgente de se tomar as ruas para se expressar – de outra forma, desta vez, apenas com blocos de concreto. Trata-se da festa, forma de reivindicação tranquila que floreia o asfalto dos anos 1970. Flores nos cabelos e nas bochechas, fantasias brilhantes e maquiagens multicoloridas fazem parte do ornamento dos "*cogne-trottoir*";[1] o chamado ao circo é discreto, ou mesmo não reivindicado, mas o público reconhece nessa explosão de cores e de rendinhas o que ali pode parecer. Não se fala a respeito de uma pessoa exuberante que ela "parece um *clown*"? Philippe Tiry, grande figura da descentralização teatral, disse recentemente, de maneira irônica, que nas ruas de Aix, "cidade aberta para os saltimbancos", ele se cruzou muitas vezes com "diversos bufões".

Mais diretos e mais explícitos, a influência e a referência às artes cênicas passam pela proeza do acrobata ou da manipulação, ou seja, pelo circo, mas sem os animais – ou então eles são tristes, como em Jérôme Savary, ou servem para puxar as charretes, como é o caso de Pierrot Bidon. São então numerosos, de fato, os números de mão a mão, de mímica, de magia, os desafios de força, sem esquecer os inevitáveis comedores de fogo, nas avenidas das localidades francesas.

O despertar do interesse por essas formas negligenciadas pelo teatro tradicional segue a evolução que acompanha os sobressaltos da história. O ministério fundado por Malraux há dez anos. No intuito de um acesso comum às "obras capitais da humanidade", se segue a dificuldade do desenvolvimento cultural, da formação, caminhando lado a lado com a ideologia de o indivíduo tomar a direção de seu próprio destino, e, mais ainda, de toda a sociedade. A difusão cultural foi suprida de equipamentos que procuram seus públicos, ou mesmo, seu "não público", segundo a expressão de Francis Jeanson, uma vez para se projetar longe e para englobar aqueles que (ainda) não têm acesso à Cultura com o C maiúsculo, tal qual se pratica nos altos espaços da aparência ou onde é melhor saber se comportar. O não público é procurado na periferia distanciada como cogumelos monstruosos nos extremos das cidades, margens desconfortáveis onde proliferam os germes da segregação.

A esse não público são incluídos, naturalmente, ao que nos parece, os "não atores", artistas que não podem seguir um curso adequado. Eles ostentam em seus currículos pouquíssimos conservatórios, música, artes e afins. Tinham formação em artes plásticas, ciências humanas ou sequer tinham formação ou sólidos conhecimentos técnicos. Trata-se da riqueza e do conformismo desses horizontes que desenvolvem a variedade e a originalidade

[1] Guarda-passeio. (N.T.).

das artes ditas "de rua" nesses anos pioneiros, como continuam sendo ainda hoje. Um público novo, artistas novos e assim, um novo repertório, mas adequado, acreditavam os oficineiros cheios de boa vontade, nas minorias do público chamado de "popular". Do outro lado, o espetáculo de grande público, o lazer por excelência, capaz - esperavam eles - de contrariar a invasão das cabanas pela pequena tela, era exatamente aquele no qual a audiência televisual atingia recordes pela interpretação de uma dupla hoje lendária, dando aos franceses, em doses homeopáticas e regulares, sua ração de pão e de atuação, graças ao seu *Piste aux étoiles.*[2]

Uma arte milenar

Ao contrário de Roger Lanzac, Jean Digne, professor no Relais Cultural de Aix-en-Provence, sentiu logo a importância de provocar e de possibilitar o encontro entre a tradição que estava por morrer e a nova onda portadora de ideais e de desejos deslanchados pelo Maio de 68. Ele então abriu a cidade de Aix para os saltimbancos, para todas as categorias e todas as gerações misturadas. Lonas de circo, *clowns* (como os Colombaioni), números de força (Senhor Markovec puxava um caminhão com os dentes!), comedores de fogo, mágicos de cassinos de balneários olhavam às vezes com um olhar malvado os "novatos" e sua concorrência direta. E não resta nada que eles não ultrapassem de alguma forma: à luz da arte ancestral dos saltimbancos, sob os olhos escandalizados dos espectadores do festival de música lírica que acontecia na mesma cidade daquele mesmo momento.

Na sua concepção moderna, o circo nasce no século XVIII, portador de formas acrobáticas de expressão e de proezas de séculos, ou mesmo de milênios anteriores. Contudo, desde o século XVII, o teatro de feira aliava ao texto e à música de criação o conhecimento dos acrobatas, que teriam preferido deixar as calçadas expostas ao vento para se abrigarem nas barracas de feira e, em seguida, nos grandes teatros de avenidas, por causa do conforto técnico e da comodidade de sua clientela. As feiras acabadas, depois os teatros da avenida do crime desaparecidos ou aburguesados; esses mesmos artistas - que não mais chamaríamos de pluridisciplinares - fazem carreira nas grandes feiras, nos *music-halls* ou, no pior caso, no asfalto, onde suas torres de força nunca deixavam de impressionar os malandros como o faziam seus ancestrais sobre os pavilhões e nas pontes de Paris. Se suas técnicas e expressão eram fundamentalmente as mesmas, o reconhecimento desses artistas como tais variava proporcionalmente às condições materiais e ao contexto em que eles se produziam. Enfim, para retomar a expressão de

[2] Palco nas estrelas: programa de televisão dedicado ao circo. (N.T.).

Jacques Livchine, do Théâtre de l'Unité, estávamos ali no contexto da "baixa arte", da arte popular; daí a atração incomparável para aqueles que nos anos 1970 queriam praticar a arte de outra forma, para outros públicos.

O Cirque Bonjour de Victoria Chaplin e Jean-Baptiste Thierrée revisita então a poesia da lona escondida no fundo do chapéu mágico. O Théâtre des Manches à Balai, os Noctambules, a Compagnie Foraine, o Cirque de Barbarie e o Cirque Nu apelam, em diferentes graus, para as artes cênicas. O Puits aux Images, sem reivindicar nem a imagem nem o discurso, acrescenta em seu figurino a referência medieval à arte do malabarismo. O Pallais des Merveilles, chamado assim por Jules Cordière em homenagem ao teatro do maravilhoso nascido no *boulevard* do crime, mistura alegremente as imagens infantis de livros para serem coloridos e as invenções técnicas do citado Jules, suspendendo os músicos acima das árvores e das avenidas. Compondo o Palais, a Senhora Georgette, a acordeonista, sai diretamente dos cafés-concerto da *belle époque*; o anjo Gabriel, *clochard* em sua origem, se torna celeste pelo uso de um par de asas artisticamente concebido; Ratapuce deixou Betsy Jolas e o curso de composição no Conservatório para se tornar a muda, a mais eloquente de todos os *cogne-trottoir*.

O circo, para esses *enfants de la balle*[3] que não possuem nem nome nem histórias, é como uma fantasia de criança: aquela da vida em comunidade, ligada à viagem e, assim, à liberdade. A fascinação por essas formas de expressão popular ancestrais nasce, de certa forma, do seu gosto pela autenticidade: é o período em que Larzac se enche de cidadãos criadores de cabra e fabricantes de queijo. No entanto o circo é também, para esses artistas autoproclamados, um objeto de desprezo, em sua forma tradicional, esclerosada, assim se compreende. Alguns desejam fazer melhor, enriquecer o circo com o acréscimo do teatro, implicando atuação, papéis, texto e direção, ou ao menos outras formas de artes visuais, e daí nasce o "novo circo". Outros, ao contrário, querem colocar as técnicas do circo a serviço de suas necessidades de expressão que passam antes de tudo pela marionete, a música, a mímica, etc.; é o que vai constituir as artes da rua. Os primeiros entrarão com mais frequência na lona, ou mesmo em sala, enquanto os segundos persistirão em encontrar no asfalto um perfume insubstituível. Paradoxalmente, para alinhavar o capítulo das distinções, o Cirque Baroque (antigamente Puits aux Images) está, ainda hoje, persuadido a fazer teatro utilizando textos de Voltaire e de Mishima. Contudo, é Zíngaro que, recusando o estereótipo de circense reivindica aquela de "teatro equestre", o que em termos de reconhecimento e valorização simbólica não coloca as duas equipes no mesmo patamar, ainda que seu sucesso internacional seja a melhor garantia de sua conquista.

[3] Filhos de artistas de circo. (N.T.).

Uma arte nova

Foi nos anos 1980, com a criação do Centre National des Arts du Cirque (CNAC) em Châlons-en-Champagne (antes Châlons-sur-Marne) que se estruturou o gênero. Doravante os alunos que saírem dessa escola farão o novo circo se demarcando do circo tradicional pela trama pluridisciplinar de espetáculos que não se contentam mais com uma sucessão de números. Esse decênio assistiu também ao surgimento do que o precedente fez germinar: Archaos, Zíngaro, Le Cirque Baroque, por sua vez servem de catalisador às novas formas de expressão, nos confins dos gêneros.

Híbrido o novo circo sempre foi, entretanto, é hoje que, fazendo menção às formas sábias e contemporâneas da criação (como no contexto coreográfico ou plástico), as equipes vão mais longe na invenção. Foi convocando – para provocar – as diversas tradições que povoam o imaginário popular que a coreógrafa Francesca Lattuada pôde criar com a turma de 2001 do CNAC que reuniu em La Villete o mais amplo espectro de sensibilidades e público. Os tempos mudam, as hibridações também.

SOB O RISCO DA MISTURA

Jean-Marc Lachaud

Tradução: Cristiane Lage

Foi para embolar as fronteiras entre as artes que assim eu praticava.

KURT SCHWITTERS

No século XX, na França, as elites culturais dominantes voluntariamente desprezam os espetáculos de circo considerados como divertimentos vulgares. Insistindo em sua característica impura e vulgar, elas o excluem do campo artístico se apoiando em regras normativas e hierarquizantes erigidas por seus sábios com o intuito de situar a barreira que permite separar os objetos dignos de pertencer ao domínio da arte e aqueles que não possuem as qualidades requeridas. Na verdade, certos diretores de circo se mostram pouco escrupulosos com relação ao valor dos espetáculos oferecidos, privilegiando uma imediata rentabilidade financeira em detrimento da pesquisa e da afirmação de uma verdadeira dimensão artística.[1]

Entretanto, virando a página das precauções e reticências expressas pelos defensores da grande arte em face ao universo circense, diversas obras famosas (literárias, plásticas, teatrais e cinematográficas) testemunham o interesse que manifestam os eminentes representantes do mundo da criação com relação ao circo.

Fascinados por um mundo que às vezes idealizam, subjugados pela atmosfera que reina na pista ou, ainda, em torno dela (relacionado ao modo de vida dos circenses, por exemplo), intrigados e atraídos por personagens altos e coloridos e maravilhados pelas suas proezas, artistas e escritores se apropriam desse assunto ou tiram do centro e das margens desse estranho

[1] Para análises mais amplas relacionadas às causas da crise na qual se instala progressivamente o circo (notavelmente na segunda metade do século XX) e suas consequências, o leitor pode consultar, entre outros, PARET, 1993.

meio múltiplos materiais, de maneira a enriquecer suas produções. Tais obras, ficcionais ou deliberadamente fantasiosas, fabricam grandes imagens do circo que naturalmente se revelam, depois de um estudo, em diferença com relação ao real e ao concreto circense.

Colagens/montagens

Por outro lado, em um contexto e circunstâncias específicas, em concordância com os princípios a partir dos quais foi criado o projeto da modernidade estética sob a égide das utopias triunfantes naquele momento, e em estreita relação com as perspectivas claramente políticas, as vanguardas históricas interpelam com uma perspicácia voluntariosa diversos "pequenos formatos". Ao longo dos anos 1920 e 1930, esses pequenos formatos então experimentam em cena, inserindo-se no centro de um movimento que tenciona as normas do teatro burguês, o que eles pensam ser as potencialidades perturbadoras e revitalizadoras das artes do circo. Os artistas se confrontam com o espírito circense (marcado pela exigência de uma intensa e rigorosa presença física pelo risco que se corre com relação à *performance*, pela linguagem transgressora dos *clowns*) e o integram a seus projetos para as aventurosas influências e sem modelos preconcebidos, das técnicas circenses (acrobacia, malabarismo e arte *clownesca*), assim sacudindo violentamente as convenções teatrais. Em função de toques produtivos relacionados às particularidades da arte dramática (quanto ao domínio do texto, à estruturação do espaço cênico ou ao trabalho de ator, por exemplo), eles constroem surpreendentes colagens/montagens e criam curiosos efeitos de comoção. Nesse período nasce e se desenvolve, incontestavelmente, um processo plural de "cirquização"[2] do teatro.[3]

Trazendo uma afinidade distante com essas experimentações misturadas que dinamizaram o contexto das artes cênicas na primeira metade do século XX (o mundo mudou, e as expectativas não são mais as mesmas), o teatro e a dança de hoje buscam um diálogo construtivo com o mundo circense. Os diretores e os coreógrafos em suas peças colocam em cena e em movimento indicações sugestivas de diferentes estágios; outros introduzem no centro de suas criações, em variações improvisadas, o *savoir-faire*[4] circense. Os circenses trabalham nesses espetáculos enquanto especialistas (dominando sua arte com perfeição); entretanto, além disso, pelo menos se

---

[2] Neologismo traduzido da palavra "*cirquisation*". (N.T.).

[3] A leitura dos textos reunidos em *Du cirque au théâtre*, sob a direção de AMIARD-CHEVREL, é particularmente esclarecedora para contextualizar esse processo.

[4] *Savoir-faire*: o conhecimento adquirido pela experiência. (N.T.).

sua aparição estiver plenamente inserida na lógica da obra, eles adquirem o estatuto de ator "física e psiquicamente"[5] quando presentes diante do público (da mesma forma que os atores de teatro ou os bailarinos), empregando uma profunda potência interpretativa. Certamente, essas obras *fora de campo* ou fora dos limites participam da amplificação do fenômeno de "criação de franjas" das artes, descrito pelo filósofo Theodor W. Adorno, em 1966, em seu ensaio "A arte e as artes".

Diante dessas misturas inéditas, intrinsecamente reativas pelo uso de ingredientes díspares que recorrem às modalidades de aglomeração ou de mixagens diversas, Adorno se faz legítimo a partir de um dispositivo crítico apropriado ao ponto de vista da criação (decifrando minuciosamente os modos revividos relacionados à concepção, à construção e à interpretação dos espetáculos) e da recepção (determinando cuidadosamente os efeitos produzidos e, em consequência, a natureza da experiência proposta), julgando a originalidade e a profundidade dos projetos assim concretizados. Seria então permitido discutir sua coerência e sua pertinência, ou seja, avaliar seu sucesso ou seu fracasso. Contudo, rejeitando qualquer argumentação nostálgica e falaciosa de uma pura quimera das artes, o filósofo se justificou por pensar no que a implica a prática dessas escolhas para as artes em questão: se enriquecem ou enfraquecem seus fundamentos, respeitam e preservam suas particularidades ou então são quebradas e a elas submetidas.

Além das relações que as artes "nobres" estabeleceram e continuam a estabelecer com o mundo circense e as artes da pista, seria o momento, invertendo de alguma forma os termos da problemática, de interpelar sobre as relações que o dito "novo circo"[6] fomenta com as outras artes.

Os espetáculos híbridos

Há 20 anos seus praticantes criam espetáculos heréticos, pelo menos para alguns que se consideram a "verdadeira" tradição circense. Desenvolvendo em atos suas livres concepções do espetáculo de circo, eles imaginam maneiras de romper deliberada e radicalmente com as características julgadas

[5] Retomamos aqui um elemento da definição de ator-*performer* proposto por PAVIS, 1996.

[6] Esse estereótipo é também utilizado por comodidade. Por um lado é redutor, apagando a diversidade de pontos de vista assumidos por cada companhia; por outro lado, ele encoberta a evolução referenciada, distinguindo as produções dos anos 1980 daquelas dos anos 1990. Seria útil, sem querer reanimar uma querela estéril de oposição entre os antigos e os modernos, pensar sobre as modalidades e as armadilhas de uma denominação como essa. De fato, quem (artistas, especialistas institucionais, críticos, espectadores) nomeia esses espetáculos assim? Segundo quais critérios, para qual(is) objetivo(s)? Diante disso, Bartabas recusa que se fale nesses termos das produções de Zingaro, preferindo definir seu trabalho como algo que se desenvolveu de um teatro equestre e musical.

até então intangíveis, mesmo que elas resultem da história do circo moderno (presença dos animais, sucessão linear de números, enfoque na proeza física, assepsia do meio, clichês relacionados a algumas figuras emblemáticas). Os artistas podem também abandonar a lona (ocupando os lugares inesperados ou construindo estruturas especialmente concebidas para seus espetáculos), desertar a pista circular e se confrontar com as exigências da representação frontal. Um "estado de espírito dramatúrgico", retomando a expressão de Bernard Dort, incentiva a partir de então o pensamento e o fazer do engajamento circense. A escritura do espetáculo se apresenta complexa, entrelaçando elementos cacos com as dimensões gestual, visual, sonora e textual. A direção agencia diversos momentos-acontecimentos que, heterogêneos e afirmativos de mais ou menos sua veleidade de autonomia, se transformaram finalmente em partes (dissociadas ou associadas) de um todo. A afirmação de uma preocupação cenográfica, adaptada à intenção que sustenta o projeto em seu conjunto, configura em diversos estágios as combinações sabiamente orquestradas ou desorganizadas, reunindo múltiplos signos (decisivos ou secundários) indispensáveis à materialização de uma vontade artística. O universo musical, enriquecido e sem censuras arbitrárias, não é mais ornamentado nem subordinado às ações do artista prodígio, herói de seu número; a música é um agente ativo, que assume o seu próprio peso artístico e assim mantém contatos fecundos com os componentes do quadro que se dobram e se desdobram, que se desencadeiam e se entrecruzam. As luzes, os figurinos, as maquiagens, os acessórios, eles também estão sem tabus, trabalhados em função daquilo que é pesquisado e desejado por aquele que cria. Por fim, a disposição e colocação em situação do público, cúmplice ativo que pode ser solicitado para que se cumpra a peça, são cuidadosamente estudados.[7] Esses espetáculos "hieróglifos", termo empregado por Antonin Artaud, exigem intérpretes que lhe atribuam uma mobilização constante e intensa da totalidade de seu ser, através de seus deslocamentos, movimentos, gestos, olhares, suas vozes, sua respiração. E isso, que eles situam na frente ou no plano de fundo da cena. Nesse sentido, sem, no entanto, fazer compromissos e desfigurando a originalidade e esgotando a energia *sui generis* de sua arte, os intérpretes devem estar prontos para encarnar o papel que lhes é designado no contexto do desenvolvimento do espetáculo. Sua presença marcante é então solicitada, tanto no que diz respeito à sua atuação circense quanto ao que se refere a sua participação na história ou nas histórias que se tecem em cena.

[7] Para uma abordagem detalhada dessas observações, nós nos permitimos remeter o leitor a um dos nossos artigos precedentes: "Du cirque et des autres arts: la question du mélange" (LACHAUD, 1999, p. 10-15).

Os inventores do "novo circo" que não são os *enfants de la balle*,[8] pertencem a uma geração que foi marcada pelo Maio de 1968.[9] Depois de passarem por diversas formações (distanciadas do campo artístico para alguns), eles se engajam, no decorrer dos anos 1970, em concordância com as esperanças e os sonhos que se exteriorizam durante esse período utópico em múltiplas aventuras. Para muitos deles, a rua vai ser um terreno primordial de intervenção. A vontade de derrubar as convenções reinantes na criação artística oficialmente reconhecida e sustentada é acrescentada ao desejo de mudar de vida no cotidiano. Descobrindo o mundo dos artistas mambembes e dos saltimbancos, eles experimentam assim, de forma selvagem – pode-se falar desta maneira –, as potencialidades expressivas de diferentes formas populares abandonadas, não legitimadas (ainda) institucionalmente. Nos anos 1980, aproveitando as oportunidades abertas pela política cultural iniciada por Jack Lang, mobilizando as conquistas anteriores, colocando a seu favor sua aprendizagem do bloco de disciplinas circenses e sabendo igualmente motivar e integrar em seus projetos de artistas de circo confirmados, esses criadores do "novo circo" vão conceber espetáculos singulares e insólitos que rapidamente encontrarão seu público. Recusando os desvios do circo comercial, eles reivindicam com garra a dimensão artística de seus processos. Trabalhando com os caminhos limítrofes, adeptos da bricolagem, preenchendo com entusiasmo e sem se importar com os seus materiais ao lado de outras artes, seus espetáculos híbridos desafiam as leis de todos os gêneros instituídos. Desrespeitosos, eles experimentam e inauguram com indeterminação e júbilo, e segundo os registros contrastantes, as possibilidades oferecidas para um livre uso da fragmentação e através da confrontação caótica entre as artes.

Nos anos 1990, uma nova geração se mantém, sem, contudo, ser prisioneira a ponto de pura e simplesmente imitar os gestos de seus predecessores do movimento que desabrocha munido dos agitadores que acabamos de mencionar (Lachaud, 2001, p. 126-142). Provenientes de escolas que ofereceram uma formação pluridisciplinar, tal como a Escola Superior de Artes do Circo de Châlons-en-Champagne, esses jovens circenses, os quais alguns exploram as promessas e os limites de uma soberania recuperada nas artes da pista,[10] fazem escolhas artísticas que exigem escrituras intrépidas,

[8] *Enfants de la balle*: artistas que foram educados para seguirem a profissão de seus pais. (N.T.).

[9] Ver Floriane Gaber: "Naissance d'un genre hybride".

[10] A questão da mistura se torna então delicada segundo a ou as disciplinas praticadas. Se estas ou aquelas disciplinas eram inconciliáveis com o tipo de relação(ões) intima(s) da(s) qual(is) falamos, a mistura, então, se limitaria à justaposição, à distância, ou, pior ainda, a uma vulgar cobertura.

tentando unir ou fundir as artes.[11] Observemos, contudo, que, uma vez que o posicionamento abandona a postura estratégica que exacerbava rupturas e tensões para privilegiar um princípio de assimilação/dissolução que fixa ou que imobiliza os elementos constitutivos da obra, a composição se sacode em um estetismo prejudicial. Ainda, com relação aos entusiasmos furiosos e aos contrastes nítidos com relação precedente decênio, esses espetáculos parecem então serenados, ou seja, atenuados![12]

Correspondências, transgressões, passagens

Diante dessas tendências exaltadas das artes da pista contemporâneas, que correm o risco da mistura, seria simplista remeter a um processo de teatralização. De fato, nós assistimos ao surgimento de obras inclassificáveis e desconcertantes.[13] Se a abolição total das fronteiras entre as artes e se a dissolução radical das identidades artísticas não são quase nada prováveis, contudo, múltiplas correspondências são tecidas. Como indica Anne Cauquelin (1996, p. 39), "as transgressões, as passagens não se contam mais. O obstáculo indica mais a possibilidade da passagem que da separação, o "e" mais do que o "ou". Diante desse fenômeno, é inútil se manter com uma atitude preocupada, próxima da decepção ou do ressentimento. A impureza perturbadora dessas peças não pode ser analisada em se referindo aos códigos de leitura e aos critérios de julgamento antigos. Trata-se de apreciar sua potência e sua pertinência artísticas, de estar atento às imagens-desejos (para retomar a poética expressão do filósofo da utopia concreta que foi Ernst Bloch) que elas deixam surgir, de estar na escuta dos ruídos do sentido - piscada de olho para Roland Barthes - que elas provocam, de analisar as vantagens da verdade que se desvela no cerne da experiência àquela que eles entregam ao público, de avaliar a intensidade dos desejos que eles liberam.

Por outro lado, nosso entusiasmo deve levar em consideração a advertência salutar do coreógrafo Dominique Dupuy (1998, p. 132), para quem a "transversalidade na qual temos hoje a tendência de travestir todas as coisas

[11] Assistamos então ao surgimento de obras mestiçadas? Jean-Michel Guy, contrapondo o princípio "macedônia" ao princípio "maionese", pontua com exatidão o problema em "Les arts du cirque en l'an 2000". Seria necessário, então, desenvolver um debate em torno do que se entende como mestiçagem (para especificar certas nuances de uma discussão como essa, "Hybridation, métissage, melange des arts", [BERTHET, 1999]).

[12] Porém, justamente a época que acalma por um uso excessivo do princípio de precaução, que desencoraja a se deixar levar pelas delícias da vertigem que provocam os partidários da transgressão e da subversão. O leitor poderá levar ainda em consideração a análise de ROCHLITZ (1994) sobre a situação da criação artística hoje.

[13] Essa observação é válida para numerosos espetáculos vivos atuais concebidos por artistas provenientes do meio teatral ou da dança.

não se processa sem engendrar contatos inúteis, amálgamas perversos". De fato, se a tentação da mistura é justificada, uma vez que ela determina realmente uma grande ação estética, quando ela mantém concretamente a coerência interna da obra realizada, nós devemos expressar nossa desconfiança cara a cara com todo voluntarismo formalista ou toda submissão a certo efeito de moda. Existem misturas explosivas e euforizantes que despertam o sentido e a inteligência dos espectadores; existem também misturas murchas e deprimentes para se consumirem consensualmente no tédio.[14]

Referências

AMIARD-CHEVREL, Claudine. *Du cirque au théâtre*. Lausanne: Éd. L'age de L'homme, 1983.

BERTHET, Dominique. (Dir.). Hybridation, métissage, mélange des arts. *Recherches en esthétique*, n. 5, 1999.

CAUQUELIN, Anne. *Petit traité d'art contemporain*. Paris: Ed. Du Seuil, 1996.

DUPUY, Dominique. La tension vers l'exactitude. In: LALLIAS, Jean-Claude (Dir.). *Le cirque contemporain, la piste et la scène. Théâtre aujourd'hui*, n. 7, 1998.

GUY, Jean-Michel. Les arts du cirque em l'an 2000. *Chroniques de l'AFAA*, n. 28, Paris, 2000.

LACHAUD, Jean-Marc. Du cirque et des autres arts: la question du mélange. In: CIRET, Yan. *Le Cirque au-delà du cercle. Art Press hors série*, n. 20, 1999.

LACHAUD, Jean-Marc; MALEVAL, Martine. Le cirque contemporain: entre collage et métissage. In: GUY, Jean-Michel (Dir.). *Avant-Garde, cirque! Les arts de la piste en révolution*. Paris: Autrement, 2001. p.126-142.

PARET, Pierre. *Le cirque en France*. Sorvilliers : Ed. de la Gardine, 1993.

PAVIS, Patrice. *L'analyse des spectacles*. Paris: Ed. Nathan, 1996.

ROCHLITZ, Rainer. *Subversion et subvention*. Paris: Ed. Gallimard, 1994.

[14] Para nossa reflexão aqui lançada, deveria ser acrescentada uma série de reflexões decisivas sob o ponto de vista das práticas circenses. Formulamos apenas algumas aqui: como as características fundamentais do circo podem ser geradas no contexto da mistura? Por quais dificuldades passam os diretores e intérpretes (com relação às técnicas que são colocadas como contribuição, como na presença de objetos a partir dos quais e com os quais as figuras são executadas)?

FORMAS TEATRAIS NO CIRCO DE HOJE

Christine Hamon-Siréjols
Tradução: Cristiane Lage

Existe claramente mais fundamento em se falar do circo no teatro que do teatro no circo. De fato, a questão não parece reversível por razões históricas e estéticas do momento: o teatro é uma prática muito mais antiga no Ocidente do que o circo tal qual o conhecemos, e uma arte antiga se inspira de bom grado em uma novidade que incomoda e fascina do que uma arte nova se inspiraria de uma arte antiga. Arte esta que ao da qual e contra a qual ele teve de se constituir, permanecendo a ela ligado por um invisível cordão umbilical.

A questão da teatralização do circo parece hoje ser proveniente de um desejo de legitimação de uma grande parte dos jovens artistas do circo: "Associe-me a Peter Brook ou a Maurice Béjart, não aos Boglione", declara Bartabas, o que não impede que o público perca o fôlego no "Postier de Longjumeau" realizado por Zíngaro. Em seu contexto, as instâncias culturais oficiais aplaudiam todas as práticas artísticas provenientes da "mestiçagem das artes" ou da "transversalidade", fórmulas que, depois de algum tempo, se tornaram tão insuperáveis e politicamente corretas quanto a "mediação cultural" na direção dos "novos públicos".

Falar de um circo-teatro, assim como se fala da dança-teatro, do teatro-*performance*, da dança-circo, etc. suporia que existem formas puras de cada uma dessas artes. A história das artes cênicas nos explica, entretanto, o contrário. Teatro, dança e música estavam intimamente associados desde as origens nas tradições orientais e nas ocidentais, e o circo apareceu como arte autônoma no fim do século XVIII, não fazendo nada além do que seguir uma evolução bastante próxima daquela da dança quando ela se afirmou, a partir do século XVI, em face do teatro e da música. Um ou outro teve de se definir com relação à sacrossanta questão da narrativa, questão considerada fundadora, desde Aristóteles, das artes vivas da representação. Dança e circo deveriam se definir também perante a pesquisa da *performance* técnica que quase fez com que aqueles dois fossem engolidos na virtuosidade acadêmica. Perseguimos o paralelo, com dois séculos de atraso entre a evolução do circo e a da dança. O balé de ação[1] do século XVIII manteve seu lugar na "dança para a dança" da época romântica, e a proeza coreográfica foi imposta pouco a pouco, assim como foi imposto o bel canto na ópera e os números de trapézio volante cada vez mais perigosos sob a lona. Não nos surpreende que nessa estética da exploração, destinada a fazer tremer de angústia um público por causa das emoções fortes, tenha sucedido um retorno da dança-teatro à maneira Kurt Joos, seguido de Pina Bausch ou Alain Platel. Da mesma forma, o circo, sucateado pelas dificuldades financeiras, a concorrência das mídias e as impossíveis sucessões familiares, se renovou criando escolas de formação, suprimindo estruturas caras e inventando novos modelos, algumas vezes estéticos e econômicos. Nesse sentido, o "novo circo" não faz nada além do que se religar com a tradição e reivindicar o que o circo sempre foi: um gênero espetacular híbrido ligado ao esporte, ao teatro, à magia, ao adestramento e, hoje, à dança, ao cabaré, aos espetáculos de luz, ao teatro e, provavelmente, logo, às novas tecnologias.

É por essa razão que não parece muito pertinente isolar os espetáculos de circo-teatro em meio a um conjunto de criações atuais. No mais, nos contentaremos em pontuar, através de um número limitado de experiências francesas, alguns aspectos daquilo que convém batizar como empréstimo, recorrência ao modelo, fonte de inspiração, transposição, paródia e, sem dúvida, ainda vários outros nomes segundo a diversidade da experiência. A partir de alguns espetáculos do Cirque Baroque, de Christian Taguet, dos Nouveau Nez, do Grand Celeste e da companhia Anomalie, fundada por antigos alunos do Centre National des Arts du Cirque (CNAC), são lançadas algumas linhas de força que sugerem a presença de certas formas teatrais no circo de hoje.

Espaço teatral, narrativa contínua

A primeira constatação que um espectador contemporâneo pode fazer é que os espetáculos ditos de circo não são mais reservados para lugares específicos. Os circos estratificados fecharam quase todas as suas portas e suas

[1] Também chamado de Balé de Pantomima: espetáculo que seguia uma narrativa coreografada. (N.T.).

lonas, mesmo que ainda abriguem os empreendimentos comerciais mais importantes, e, por outro lado, empresas pequenas, tradicionais ou não, não são mais o lugar obrigatório da apresentação. Muitas companhias com diversas estéticas abandonaram a pista circular e se apresentam em salas clássicas. O grande peso e o custo das grandes lonas, na pista protegida e munida de altos mastros, não são mais justificados pela presença de números equestres, de animais selvagens ou pelo exercício do trapézio voador, de malabaristas, equilibristas, acrobatas, *clowns*, ilusionistas, cujos números compõem o essencial dos espetáculos do novo circo, que se satisfazem com o palco de teatro, o que os permite - vantagem não negligenciável - apresentar-se nas salas de teatro nacionais e na maioria das grandes salas periurbanas. Não existe nada de novo nisso, pois, já sob a o reestabelecimento, o Cirque Olympique estava associado a um palco retangular para fazer pantomimas; entretanto, não se trata aqui de um empobrecimento, mas de uma incrementação, pois esse dispositivo impõe uma estética de atuação frontal e limita o contato com o público. Apesar de tudo a lona não está morta, pois um bom número de empresas atuais a utilizam sempre para se apresentarem ou se instalam por longos períodos, como é o caso do Grand Céleste em Paris, porta dos Lilases[2]. Por outro lado, o uso do recurso teatral não significa a existência de uma gaiola cênica. Certos espetáculos de circo, à maneira do teatro, durante aproximadamente 30 anos, recorrem a espaços cênicos originais, como foi o caso de *Ningen*, montado pelo Cirque Baroque em 1998, espetáculo no qual a inspiração japonesa contava com a utilização na cena clássica de um grande palco, inspirado nas passarelas de flores do Kabuki, ao longo do qual os espectadores se organizaram em um dispositivo bifrontal. Quanto ao retorno dos "novos circos" no vão das salas de teatro, eles não fazem nada além do que usar um pouco de tudo da grande tradição das variedades que, no decorrer do último século, misturavam artistas vindos do circo, contadores, cantores de opereta ou de cafés-concerto em formas bastante diversificadas.

Mais significativo é, sem dúvida, a reaparição, depois de 15 anos, de um esquema narrativo claramente identificável que organizou o espetáculo de circo no lugar e no espaço do tradicional espetáculo mosaico. O procedimento é menos recente do que parece. Desde a origem, os grandes espetáculos de circo romântico anunciavam programas inspirados em cenas bíblicas, episódios da mitologia grega ou de altos fatos da história da França. Podíamos ainda ver Sansão brandindo as colunas do templo, os trabalhos de Hércules ou o episódio do campo do velocino de ouro, sendo este último tema

[2] Estação em Paris. (N.T.).

reservado às apresentações equestres do hipódromo. Vejamos de passagem que os episódios escolhidos para a história nacional não se diferenciavam daqueles propostos por Sébastien Mercier no século XVIII ou mais tarde por Romain Rolland para servir de ancoradouro aos grandes espetáculos de circo popular. Nesses diversos casos, tratava-se de "teatralizar" os números de atletismo, de domação e de equitação. Todos os outros eram pantomimas equestres ou aquáticas praticadas em grandes circos até a Primeira Guerra Mundial e que apresentavam através de uma narração sequencial, fantasiados, sendo uma verdadeira cena teatral, ora inspirada pela história, ora pela veia cômica, retomando personagens tradicionais da comédia italiana. Enfim, se olhamos uma programação de circo do início do século XX, o elemento narrativo se coloca no exato lugar para servir de coluna vertebral para as pantomimas no grande espetáculo, não tendo outra ambição senão o prazer do olhar ou para organizar os números técnicos em um conjunto coerente. Se a prática de certos novos circos organizam seus espetáculos em torno de um tema único ele não é então totalmente novo; a sua singularidade reside sobretudo na característica literária das referências escolhidas.

Uma vez que no panorama do teatro-circo pudemos ver em 1998 o Théâtre du Centaure apresentar *As criadas*, de Jean Genet, em um espaço ritualizado onde se enfrentavam dois cavalos negros e um cavalo branco, fazendo corpo com madame e suas duas criadas, o Cirque Baroque, de Christian Taguet, (chamado circo de temas) apresentou, depois de 1986, uma série de espetáculos inspirados pela literatura. A princípio, *Cândido*, que se manifestava em numerosas adaptações teatrais do conto de Voltaire, foi encenado por um homem do teatro, o chileno Maurizio Celadon do Teatro Del Silencio, que decidiu justificar o recurso do circo colocando num abismo o dispositivo narrativo. O espetáculo foi pensado para ser apresentado no circo e ser perturbado pela chegada de *clowns* representando o *Cândido* do mundo moderno. O referência da literatura encontrava então um ancoradouro em uma releitura ingenuamente contemporânea da obra literária. Acontece o mesmo com *Frankenstein*, inspirado pelo romance de Mary Shelley, que serviu de ponto de partida para um espetáculo que questionou as relações da ciência e do mundo contemporâneo (experimentações genéticas, clonagens, etc.). Antes dessa criação franco-alemã apresentada em Weimar em 1999, Christian Taguet montou *Ningen* no ano anterior, um projeto que ele adorava e se inspirava na vida e na obra de Mishima. Dessa vez foi o destino singular de um artista (que servia de tema a um espetáculo de grande força) que podemos comparar com *Frida Kahlo*, montado por Yohann Kresnik com bailarinos, bem como os espetáculos coreográficos de

Josef Nadj inspirados por *Woyseck* ou pela obra de Kafka, que são, para Nadj, de certa forma, contemporâneos. Dança ou teatro, estas últimas realizações não podem ser consideradas como enésimas adaptações de uma obra literária. Nos três casos mencionados, trata-se de criações que testemunham uma profunda afinidade entre os dois universos artísticos: aquele de um escritor e aquele de um artista cênico. E era essa afinidade secreta entre a vida de Mishima e a obra de Taguet que dava a *Ningen* toda sua legitimidade. A referência ao Kabuki e às artes marciais nunca aparece como um elemento postiço, e os habituais números de malabarismo com bastões ou a ascensão de tecidos tensionados como cordas até os grides encontravam seu lugar naturalmente em uma criação na qual se confrontavam as imagens de um Japão conservador e tradicional e aquelas de um universo ocidentalizado, decadente e mórbido. O dispositivo bifrontal que favorecia a proximidade dos espectadores e dos artistas e a beleza do branco e preto contribuíam para a dramatização de um espetáculo no qual a tensão ia crescendo até a cena final do *sepukku*.

Diante desses novos espetáculos narrativos - podemos acrescentar à lista a dança *Sakountala*, balé-circo de Marie-Claude Petragalla, inspirado na vida de Camille Claudel e criado em Marselha no ano 2000 - a questão central apresentada ao espectador que permanece é, porém, a da legibilidade. Christian Taguet pode bem declarar "o sentido não se sobrepõe à ação e à emoção"; se o espectador aceita renunciar à procura de uma interpretação filosófica ou moral do tema proposto (o que não é, entretanto, a coisa mais difícil de encontrar), não se pode impedi-lo de querer seguir uma ação dramática, desde que ele saiba que ela existe e foi designada pelo título. A primeira comodidade seria recorrer à palavra, como o faz às vezes a dança (nas peças de Jean-Claude Gallotta notavelmente) e mais raramente o circo, ou desenvolver a pantomima. Mas se o criador do espetáculo quer se manter no essencial da linguagem da pista, ele terá dificuldade de encontrar uma forma exata, suscetível para transmitir a cor da emoção na falta de um sentido narrativo claro. Se podemos ser tentados a seguir Christian Taguet quando ele afirma que cada exercício de circo deve ser pautado pelo metaforicamente significativo, como são de certa forma as figuras impostas pela dança clássica, isso não impede que as acrobacias aéreas ou os *passing* nos bastões sejam suficientemente e de forma desigual expressivos segundo as tramas narrativas nas quais eles se inserem. Em *Ningen,* espetáculo de uma comovente beleza, em que os corpos se enroscam com sensualidade nos tecidos tensionados, saídos como que por um milagre das malas colocadas no solo, as mesmas figuras são muito menos tocantes que em *Frankenstein,* pois são menos simbólicas.

A luz e a música podem aqui, sem nenhuma dúvida, apresentar um papel decisivo para isolar um intérprete na pista ou no palco, criar um espaço fictício ou sugerir uma atmosfera. Em um espetáculo como *Ningen*, a magia do preto e branco que unifica costumes ocidentais e orientais, ainda exaltados pela iluminação, contribui bastante para criar um ambiente narrativo singular muito distante da atmosfera do circo tradicional. Por sua vez, a música auxilia essa particularidade a partir da utilização de melodias preexistentes, de trilha sonora original ou de músicos em cena. Longe das orquestras de cobre brilhante do circo tradicional, os novos circos que se direcionam para o teatro apelam, assim, aos músicos inventivos, capazes não apenas de oferecer a estrutura rítmica do espetáculo, mas também de trazer à cena do momento uma cor lírica, sentimental, nostálgica ou, ao contrário, agressiva, parodiada. Eles tocam um grande número de instrumentos, do piano infantil e da caixa de música até a bateria, passando pelos sopros e pelas cordas. Os músicos do Grand Céleste assim deslizam de uma inspiração no rock às referências no *jazz* ou no tango, trazendo um sólido apoio imaginário ao espetáculo. O circo narrativo, apesar de tudo – que não se trata especificamente de falar do gênero Grand Céleste – se contrasta de certa forma com os mesmos problemas que a dança a partir do desaparecimento da programação que explicava com detalhes o argumento de um balé. O apelo à emoção, ao necessário abandono do espectador, não funciona tanto quando este último como prova do sentimento irritante de ser excluído de um sentido que não consegue decifrar.

A construção de personagens em uma dramaturgia suave

Uma vez que a legibilidade narrativa frequentemente coloca um problema nesses espetáculos, o estabelecimento de personagens é muito menos difícil para ser elaborado. Já no circo tradicional o personagem está presente sob diversos aspectos. Com o Monsieur Loyal,[3] certamente, sentenciador e moralizador, correspondendo, entretanto, mais a uma função: aquela de mestre de cerimônias do espetáculo que tem uma responsabilidade complexa. Sobretudo com os *clowns*, insuperáveis desde o período romântico, diretamente provenientes do teatro inglês do período elisabetano e que se especializaram, segundo o país, em figuras bem diferenciadas: o *clown* branco elegante e autoritário, o augusto miserável e cômico e seus múltiplos avatares, como o *clown* ruivo da tradição russa. Com o *clown* inglês, protagonista de esquetes cômicas frequentemente retomadas de distantes estruturas da farsa

[3] Mestre de cerimônias. (N.T.).

ou da comédia italiana, o personagem teatral está então, desde sempre, presente na pista. A grande novidade desses últimos anos se refere àquilo que os duos e trios de *clowns* fizeram, por um lado, em certos espetáculos com os personagens contemporâneos muito individualizados e, por outro lado, com protagonistas de obras literárias em conformação com a concepção teatral mais clássica. No que diz respeito à inspiração *clownesca*, o fato não é verdadeiramente novo, uma vez que Buster Keaton, Charlie Chaplin e muitos outros, que se produziam sob as cenas dos *music-halls*, já tinham criado seus próprios personagens encarnando uma certa relação com o mundo, aquela do vagabundo, com sua maquiagem, seu penteado, seu caminhar, mas, sobretudo, com um conjunto de condutas pessoais.

O espectador do novo circo estava familiarizado com os excêntricos do cinema e com os tipos da commedia dell'arte que entraram em moda na Europa há um século em diferentes escolas de ator. Tudo estava então preparado para se reconhecer Georges Pétard e Madame Françoise nos espetáculos dos Nouveaux Nez. O uso da palavra tradicionalmente relacionada aos *clowns*, a repetição de um espetáculo a outro de uma ação, de uma articulação e de mímicas deviam permitir esse reconhecimento de novos personagens encarnando uma função social (Félix Tampon, o bombeiro conciliador) ou uma disposição de espírito (o colérico Georges Pétard). Por um efeito de simetria que impressionava, o público fazia durante os mesmos anos uma triunfal recepção aos personagens nascidos dos espetáculos de Jérôme Deschamps, Yolande ou Morel, popularizados pela televisão ou transformados em emblema de certa falta de adaptação social tratada sob a forma do deboche. Circo-teatro ou teatro-circo? A classificação em gêneros, em se tratando dos Nouveaux Nez ou da Companhia Deschamps, corria o risco de se manter apenas nas referências bastante exteriores: o uso do nariz vermelho, por exemplo.

Por outro lado, a questão do personagem se coloca de forma diferente quando se trata do Cirque Baroque, que bem deve nos mostrar Cândido, Cunegunda, Voltaire, Frankenstein ou Mary Shelley desde o momento em que esses queiram nos contar sua história. É aí que a questão da identidade referencial cria dificuldades. Por um lado não é sempre fácil saber quem é quem a não ser que se reconheçam os signos exteriores legíveis pelo maior número de pessoas: a máscara de Voltaire ou a face monstruosa da criatura de Frankenstein. Por outro lado, sabendo que o personagem de ficção, para existir, tem necessidade de códigos comuns de representação bem diferenciados e que passam em grande parte dos casos à palavra. O riso é grande, uma vez que ao se encontrar diante um artista cuja vestimenta singular, designa-o como personagem, mas não identificável para tanto.

Problema comum no circo e na dança que não se pode resolver a não ser que se privilegie as características expressivas fortes do personagem em detrimento de sua identidade.

A narração contínua se mantém excepcional nos espetáculos dos "novos circos", e o Cirque Barroque não fez verdadeiramente escola. Por outro lado, aquilo que foi imposto em vários lugares é o recurso de um elo dramático suave, constituindo uma verdadeira dramaturgia do espetáculo e orquestrando a escolha dos números, seu desencadeamento, suas vestimentas, as luzes, a música, etc. A escolha de um título para designar cada produção é significativa para esse novo dado. É dessa forma que *Eclipse*, encenado por Bartabas, define um espetáculo de teatro equestre organizado como um ritual e jogando com a oposição entre o branco e o preto, com a luz e com a sombra, com o *yin* e com o *yang*, tudo enquanto *ópera equestre* privilegiava o confronto musical entre dois coros de inspiração diferente. Da mesma forma, Guy Alloucherie, escolhendo para os espetáculos que ele dirigiu para a companhia Anomalie títulos como *C'est pour toi que je fais ça*[4] ou *Et après on verra bien*[5], o que significa claramente seu projeto de falar da vida cotidiana de um grupo de pessoas jovens, na ocasião os antigos alunos do CNAC que a compunham.

Estas dramaturgias suaves obedecem a esquemas distintos de um grupo a outro, mas retomam um princípio geral que é de certa forma a marca da fábrica de cada grupo a partir da qual cada nova produção é elaborada de forma diferente da anterior. Se a referência ao ritual – com o que às vezes se denota lentidão – com o gestual hierático, a música encantadora, as luzes misteriosas servem de ponto de partida para as produções de Zíngaro, sempre concentradas em uma imagem única, contra o princípio dos esquetes intensas, reagrupadas em um conjunto de cenas e subentendidas pelo projeto de abordar os jovens de hoje, com os seus desejos, seus sentimentos e suas rupturas, servindo de fio condutor elástico para as produções de Alloucherie. Nesse sentido, a existência de uma dramaturgia singular não é patrimônio das equipes mais próximas do mundo teatral do que de suas origens ou da personalidade de um diretor. O Cirque Plume ou Archaos, possuidor por sua vez uma dramaturgia original, foi fundado em uma relação singular com o detalhe da imagem no conjunto, sob um ritmo, uma pesquisa de fluidez ou, ao contrário, um contraste brutal. A dinâmica própria de cada um desses grupos se torna, assim, a assinatura artística reconhecível, o que funda o grupo e atrai para ele um público fiel.

[4] *É por você que eu faço isso.* (N.T.).

[5] *E depois veremos.* (N.T.).

Piscadela e paródia

Chegando ao fim desse breve panorama, podemos ainda mencionar um recurso frequentemente usado nos últimos tempos – mas isso ainda não é um eterno retorno – para uma dimensão parodiada na referência que os "novos circos" fazem ao teatro. O exemplo mais gritante é, sem dúvida, o espetáculo que os Nouveau Nez consagraram ao teatro clássico, no decorrer do qual eles propuseram uma antologia das tiradas mais famosas, interpretadas ao pé da letra com um espírito colegial de uma grande graça. Eles não fizeram nada além do que retomar a tradição do cabaré teatral do princípio do século, e o mesmo se deu com Jarry parodiando *Macbeth* em *Ubu Rei*, assim como o *clown* Grimaldi fez em sua época com a peça em questão. De toda forma o olhar irreverente lançado para uma arte considerada "popular" em relação à "grande" arte nos remete sem nenhuma possível dúvida à relação complexa que as duas artes mantêm desde a origem: respeito, admiração, rejeição, deboche, ternura.

Essa alusão parodiada do teatro não é necessariamente isolada; pode, com certeza, ser acompanhada de uma piscadela no *music-hall*, no cinema ou mesmo no circo. É assim que no último espetáculo do Grand Céleste, que se define como um "circo de aventuras e de maravilhas", podemos ver um elegante dândi vestido de branco atuar lado a lado com um domador fanfarrão, que logo desfila em um carro alegórico digno dos *péplums*,[6] de um conjunto heterogêneo de objetos reciclados que logo combate uma coisa disforme tratada como leão improvável, apesar de o conjunto do espetáculo, sustentado por uma orquestra criativa, nos oferecer uma imagem parodiada e terna do espetáculo de variedades tal qual ele era praticado no princípio do século XX em um total confusão de referências às duas artes.

Contudo, com o desaparecimento progressivo das estruturas de zoológico, os números equestres e os altos trapézios no novo circo, talvez não se trate mais hoje de fazer renascer o teatro de variedades que se afirmava há mais de cem anos como espetáculo mosaico por excelência, mas sim de imaginar uma nova coerência, uma forma espetacular ritmada, que alie matriz técnica e um bom projeto estético a uma dramaturgia elástica que saiba aliar a arte do fragmento e a arte da totalidade.

[6] Gênero que foi usado por cineclubistas para designar filmes épicos ambientados na Grécia ou na Roma antigas. (N.T.).

CERTA CONIVÊNCIA

Christophe Martin
(com Francesca Lattuada)
Tradução: Augustin de Tugny

> Pois, desde que o poeta há de inventar a formula, de fazer novidade na linguagem para dizer o que ele tem em vista, o leitor encontra-se frente a uma forma que se elabora, e a leitura somente pode ser o esforço de invenção do poeta, nisto que ela refaz por conta própria o difícil trabalho comprido pelo poeta para eleger um caminho no desconhecido.
>
> JEAN-PIERRE SIMÉON

Estabelecer e contabilizar as influências recíprocas entre duas artes é um empreendimento arriscado. Não iremos aqui listar os encontros, que existem há muito tempo, como lembra Michèle Richet: "Desde sua idade mais tenra, os artistas de circo, junto com a acrobacia, aprendem a dança [...]". A dança por si só tem seu lugar no circo. Em todas as épocas foram apresentados nele balés cujo aspecto evoluiu, pois, sob a influência do circo americano, tornaram-se mais demonstrações de *girls*, intermédios entre os números" (RICHET, 1965, p. 1.536-1.537). Espetáculos de dança abordaram a imagem do circo, dos ciganos, assim *Les Forains* de Roland Petit; outros convocaram personagens do circo (*Parade*, de Massine, com seu mestre de pista Monsieur Loyal, a malabarista americana, o acrobata); outros ainda integram disciplinas do circo, principalmente o malabarismo, o trapézio e o arame, frequentemente interpretados por artistas de circo; outros, enfim, incorporam relações com os objetos, sequências gestuais específicas extraídas do circo (malabarismo no ar, corrida de impulso, portes...). Por outra parte, muitos coreógrafos trabalharam para o circo, desde Balanchine regendo as paradas de Barnum até Hervé Diasnas, Régine Chopinot, Christine Bastin, sem esquecer as mais recentes produções do Centre National des Arts du Cirque (CNAC): Joseph Nadj, François Verret, Elie Fatoumi, Eric Lamoureux, Francesca Lattuada, etc.

Além da dificuldade essencial que consiste em levantar os empréstimos, uma comparação das influências traz o risco de levar à construção de uma hierarquia, reproduzindo um esquema que foi negativo para a dança e o circo: a preeminência do teatro, o papel primordial do texto e o desleixo do corpo conduziram a "esquecer" essas artes não verbais (excluindo a música, evidentemente) no desenvolvimento cultural. Não somente a dança e o circo se colocam como iguais, mas eles se relacionam segundo profundas conivências; algumas políticas, outras artísticas.

Circo e dança: artes paralelas?

O circo, como a dança, é uma arte ressurgente, isto é, reconhecida após um período de latência. Ambos "acordaram" no final dos anos 1960 do século XX e foram qualificados por um adjetivo para significar uma invenção e um dinamismo de repente reconhecidos: novo circo, nova dança.[1] Ambos, mesmo se hoje a dança parece um pouco mais avançada, devem batalhar para inventar seu destino institucional; o Ministério da Cultura francês, suas direções regionais e as outras fontes territoriais de financiamento potencial devem criar linhas orçamentárias e postos específicos. Porém, os dois ainda recebem pouca ajuda.

Além disso, o circo e a dança provêm de uma história ancestral e de uma história mais recente, cujo momento de afirmação foi o século XIX, quando formas espetaculares e técnicas foram claramente definidas: a dança dita clássica e o circo dito tradicional. Sua nova visibilidade corresponde então a uma demarcação estética, acompanhada da criação de um novo território institucional, ampliada pelo encontro com um público estendido que contraste com os preconceitos (público elitizado ou público popular). Mesmo se a noção de grupo, de tropa é extremamente forte no circo, ela não exclui a reivindicação de uma arte autoral, uma reivindicação importante, talvez exagerada, na história recente da dança. Nos dois casos, várias tendências coabitam hoje sem que seja possível resumir suas relações com uma alusão fácil à guerra dos antigos com os modernos. A técnica tradicional pode conter as fontes de uma modernidade: por exemplo, na dança, pensamos no neoclassicismo, termo forjado por Serge Lifar e que um crítico alemão, Gerard Siegmund, aplica hoje a William Forsythe.

Outro ponto em comum importante conhece desenvolvimentos tanto no plano estético que político: a capacidade que têm o circo e a dança em oferecer um espaço de encontros artísticos. Eles constituem um cruzamento, um campo privilegiado para a hibridação e a interdisciplinaridade. Essa faculdade de abertura, que deve muito aos tipos de espetáculos

[1] Para a dança, essa denominação pode ser sinalizada com a publicação do livro de BRUNEL, 1980.

propostos, amplia a dificuldade em identificar ou reivindicar uma área artística autônoma, o que, de fato, pode contribuir para frear sua ampliação institucional.

A conivência entre o circo e a dança se expressa, assim, numa mesma desconfiança - denegação, esquecimento? - a respeito do texto e da narrativa, mesmo se palavras são emitidas na pista como no palco. Paradoxalmente, o trabalho quotidiano e a transmissão passam pela oralidade, contribuindo assim para apagar os rastros e, de certa maneira, a reforçar a dimensão humana do saber e da memória. O espetáculo vivo é efêmero por definição; não se conhecem mais as encenações das peças de teatro do início do século XX nem a maioria das coreografias ou números de circo desse período. Daí a importância do repertório. Disso há uma consequência determinante: essas artes usam com prioridade outros elementos de composição como materiais: o movimento, o corpo, o espaço - mesmo se a relação com os objetos, com os aparelhos, determina exigências singulares. De fato, no coração da prática dessas artes reina um espírito comum, tanto no que remete à disciplina corporal, à repetição necessária do movimento, ao treino cotidiano, como à pesquisa de certas qualidades físicas: *souplesse*, resistência, precisão, equilíbrio. Sem esquecer a ameaça da idade e, então, a útil precocidade. Um mesmo jogo com a virtuosidade rege a dança e o circo: a necessidade de uma perfeição técnica acompanhada de uma desconfiança a respeito de sua dominação total, com o medo de produzir um corpo simplesmente mecânico. Trata-se de interpretar, de propor um estado de corpo sensível, significante, concretizando faculdades, além de uma realização perfeita.

Configurações e composições

Merce Cunningham criou *Ocean* (1994) com um dispositivo inusitado: não somente o palco era redondo e o público disposto ao redor, mas uma orquestra sinfônica rodeava este. Durante uma coletiva de imprensa,[2] explicou seu trabalho com o *software* Lifeforms, necessitado pelo espaço cênico. De fato, cada movimento devia ser "interessante" coreograficamente falando - de qualquer ponto de vista.

Sabendo que a ciranda é uma figura arquetípica da dança, os coreógrafos tentam compor com o picadeiro. Por exemplo, François Verret (*Sur l'air de Malbourough*, 1996) coloca uma escultura que agrupa os aparelhos e propõe suas diferentes faces. Com uma promoção mais recente dos estudantes do CNAC, Francesca Lattuada (*La tribu Iota*, 2000) usa muito

[2] Festival Montpellier Danse, 1999.

dos quatro eixos possíveis de entradas e saídas que "crucificam" o círculo. Trata-se então, para esses coreógrafos, de arquitetar o picadeiro. Sem dúvida seria mais justo falar de hemisfério, porque o circo associa o baixo e o alto, providencia a passagem entre os dois e habita o ar, explorando plenamente o fantasma declarado da dança, mesmo contemporânea, da elevação. Podemos lembrar que foi no meio do século XIX que o circo inventou o trapézio voador. A dança, no mesmo momento, será feita nas pontas dos pés (*Giselle*, 1841). O desafio lançado à gravidade induz uma escritura espacial que autoriza rupturas de escala, permitindo romper com os costumes visuais já perturbados pela configuração do palco redondo. Esse salto visual, que os objetos do malabarismo suscitam igualmente, empurra o espetáculo na direção da abstração. "Podemos falar dos micróbios como dos movimentos planetários. Estamos feitos de células e de átomos que evoluem. Seus movimentos são perfeitos", explica Philippe Decouflé (*apud* CIRET, 1999, p. 29) a respeito de *Codex*.

Numerosos espetáculos de circo apresentam agora uma fluidez notável, expondo a necessidade de um elo geral entre todos os elementos visíveis, um modo de deslizar de um número para outro, sem negligenciar as variações de sentido, de referências. Neles um movimento perpétuo, que se inspira na ambição declarada da dança, está operando. Ele se encontra no coração dos números cujas fronteiras espaciais e temporais tendem a se distender. Isso ocorre também com o acidente. A coreografia regula seu fluxo, facilitando sua integração. Acidente: esse termo pode caracterizar muitas das sequências gestuais do circo. Terrível e temida, a queda, bifurcação do corpo ou do objeto em sua suspensão, aparece como um passo de lado, um ganho de liberdade, outro tipo de voo unicamente se for integrada no movimento. Os gestos da virtuosidade e do sucesso são também ligados, atravessados por uma única linha. O corpo do artista de circo, então, parece polir o desenvolvimento dos exercícios, oferecendo ao mesmo tempo uma diversidade de gestos que nem sempre visam à eficácia, mas são compostos num desígnio ampliado.

De modo mais geral, como a dança contemporânea, o circo de hoje reduz as entradas e as saídas para trabalhar na coexistência dos corpos e pensar suas relações mútuas. A multiplicação dos espaços e das ações conjuntas tende a permitir um olhar mais livre, aberto, uma percepção flutuante que leva a considerar o espetáculo de circo como um conjunto autônomo em desenvolvimento, aberto, liberado da sucessão dos números e da autoridade da direção dramatúrgica.

Esses poucos apontamentos de ordem política e estética designam aproximações entre o circo e a dança. Fernand Léger (*apud* PENCENAT,

1994, p. 109-110) assinalava por sua vez: "Com certeza, é mais arriscado que a dança, mas é da mesma família". Além dos encontros e das trocas entre as duas artes, o circo tem frequentemente a vantagem, em relação à coreografia, de construir e de levar seu próprio "teatro". Assim a posse da ferramenta de trabalho, com a possibilidade de ensaiar e montar espetáculos, promete com certeza um desenvolvimento mais autônomo. O encontro com a instituição se torna mais livre: será em prol de uma criação ainda mais avivada?

Referências

BRUNEL, Lise. *Nouvelle danse française*. Paris: Albin Michel, 1980.

CIRET, Yan. La danse des microbes. In : *Art Press, hors série*, n . 20, 1999.

PENCENAT, Corine. Principes de l'esthétique de Léger. In: *Écrits sur le sable...*, n. 2, dez. 1994, p. 109-110.

RICHET, Michèle. Le cirque. In: *Histoire des spectacles. Encyclopédie de la Pléiade*, 1965, p. 1536-1537.

SIMEON, Jean-Pierre. *Algues, sable, coquillages et crevettes*. Le Chambon-sur-Lignon: Chêne éditeur, 1997.

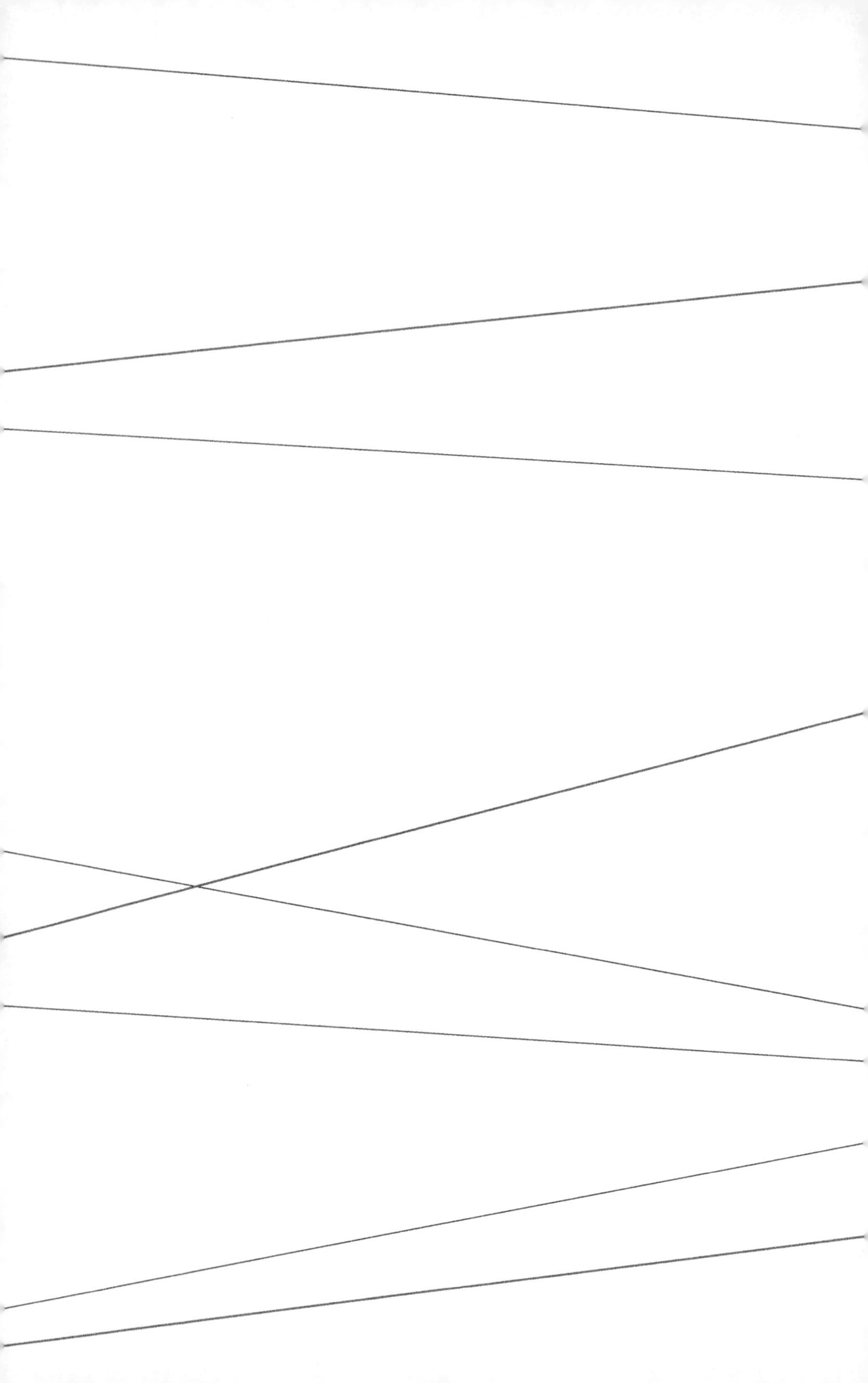

DO EXERCÍCIO À OBRA

À clássica sucessão de números respondem doravante composições que bagunçam os códigos da representação. Os acessórios, os espaços e as sucessões prestam-se à escrita de espetáculos nos quais a proeza não é mais necessariamente a estrela. Essas composições levantam muitas questões sobre as noções de obra e de autor.

O OBJETO: O NÓ GÓRDIO

Martine Maleval

Tradução: Augustin de Tugny

Górdio reinava na Frígia durante os tempos míticos. Fundou lá uma cidade que nomeou Gordion. Na cidadela guardava sua carruagem segurada pelo timão com um nó tão complexo que ninguém podia desatá-lo (daqui vem a expressão nó górdio). No entanto, a aposta era de grande valor, porque o império da Ásia era o prêmio para qualquer um que conseguisse liberar a carruagem. Então, Alexandre, que sabia do oráculo, foi para Gordion e, com sua espada, cortou a corda.

Podemos concordar que toda prática de circo coloca em presença um corpo, o do artista, e um objeto ou um conjunto de objetos. Há uma exceção que confirma a regra: o *clown*, que só necessita de alguns acessórios. Há de assinalar também a particularidade do mão a mão, especialidade durante a qual o corpo de cada um dos protagonistas, sendo alternativamente o ponto de apoio do outro, tem a mesma função conferida usualmente aos aparelhos.

O artista de circo está em relação constante com seu objeto. Pode ter recebido-lo de um ancião, como herança. Pode ter criado-o, concebido, fabricado numa oficina. Em todos os casos, lhe é próprio. Ele o entreviu e se aproximou dele, testou-o, domesticou-o, se apoderou dele. Desde tanto tempo que se conhecem, tornaram-se inseparáveis. Mesmo quando o artista se afasta de seus aparelhos, como o trapezista, ou se ele larga seu objeto, como o malabarista, é unicamente com a certeza que a conjunção será de novo possível. Quando o artista entra em férias, a separação é dolorosa, e pior é o reencontro (penso aqui nas câimbras!). Pois mesmo eles têm um grande amor pelo outro; este, que seja amor à primeira vista ou fruto de uma longa construção, é violento; é um amor que dói, porque a relação é carnal. É uma paixão que requer uma grande lealdade; a traição não é permitida porque poderia ser fatal.

Então, o artista se liga com seu objeto. Dedicando-se à sua arte, ele se abandona (entrega) à disciplina dos aparelhos. Ele não mais se pertence. Seu objeto toma todo o tempo dele, toma seu corpo e seu espírito. Cada movimento, cada reflexão é captada, requisitada pelo objeto que impõe suas leis, dita suas convenções, determina as regras às quais o corpo há de se submeter. O indivíduo é subordinado a seus aparelhos que exigem um modo de operar que lhe seja conforme. O objeto midiatiza a atividade subjetiva. O corpo se torna objetivado. Mais o artista tenta dominar seu sujeito, mais ele deve se submeter a seu objeto. Mais ele quer empurrar os limites de suas possibilidades, mais ele é engolido pelas exigências da materialidade brutal. Ele se funde com seu objeto.

Isolado no centro do círculo desenhado por um raio de luz, o artista de circo faz ato de coragem e heroísmo. Em relação com o objeto de sua disciplina, ele é conduzido à proeza que o torna um herói, uma individualidade: o laço se ata, ou, nesse caso, o círculo se fecha. Mas será que a proeza é o único motor do encontro com o público, quando ela se revela alienante? E quais podem ser as modalidades da emancipação?

Do fazer ao dizer

A história do final do século anterior revelou artistas de circo prontos para ter um engajamento artístico. A vontade de fazer obra os conduziu a ter uma intenção. Em *Vocabulaire d'esthétique* (2004, p. 895), Anne Souriau define a intenção como "orientação do espírito numa representação que tem em vista alguma coisa". Ela acrescenta que "mais especificamente, é uma orientação da vontade em direção a alguma coisa; que seja um projeto, um desígnio de ação ou a consciência de um alvo fazendo sentido para uma ação". Dessa definição emerge a noção de direção, de trajetória que conduz de um ponto para outro, de um momento a outro. A inserção da intervenção do espírito, da vontade, é igualmente essencial. Com sua força de antecipação, o artista projeta sua obra em direção do futuro. Para isso, duas possibilidades se abrem para ele, ou sua intenção é "uma ideia, uma imagem da obra tal como ela deveria ser quando o trabalho é terminado, ou é consciência de algum fim para o qual a realização da obra deve contribuir (um alvo de ordem moral, religioso, social...)". De qualquer maneira, a obra não pode ser reduzida à sua intenção, que, nesse caso, a substituiria. Ela preexiste. No entanto, o artista não pode controlar o conjunto do que intervém durante sua elaboração (sua imaginação, sua criatividade, os incidentes de percurso, os novos encontros...). O tempo da criação pode enriquecer o projeto inicial, até modificá-lo. Nosso artista de circo, especialista da trajetória dominada (que seja a de seu corpo nos ares para o trapezista, deslizando sobre o arame para o aramista, ou a das balas para o malabarista) que não pode sofrer ao ver seu objeto sutilizado, deve marcar um passo adiante e se orientar em direção a um alvo que pode lhe escapar, para se inscrever numa trajetória que vai, talvez, ou mesmo seguramente, conduzi-lo para um lugar que ele não terá escolhido. Ele toma um risco suplementar; a esse da colocação em perigo de sua integridade física ele acrescenta um, de outra ordem. De fato, ele deve aceitar o risco de errar, de não mostrar o que ele pensava dar a ver, de se confrontar talvez com a falha de seu projeto. Em uma palavra, ele deve integrar a dúvida em seu projeto artístico, fazer a aposta do sucesso. Porque ele não é mais único e indivisível: corpo/objeto da disciplina/proeza, ele se torna pelo menos artista-intérprete, no mais artista-intérprete/diretor de cena ou diretor de pista ou, para retomar um termo utilizado por Eugène Durif (1999, p. 21), diretor de espaço.[1]

Assim nosso artista de circo não limita mais sua prestação a um fazer; ele a elabora na aposta de um dizer. Para isso, ele vai se apartar, se desviar de seu objetivo inicial (ele vai aceitar que Alexandre, armado de sua espada, corta a corda que retinha a carruagem de Górdio). A intenção vai conduzi-lo além da simples exibição de atos de coragem, de força ou de habilidade; ela vai incitá-lo a não se contentar em colocar os espectadores na submissão a suas próprias emoções. Pois, dizendo, mesmo em silêncio, mesmo sem narrativa, nosso artista de circo afirma a vontade de se manter dono desse dizer, assim como é dono do que faz.

Quem diz intenção diz escrita! Em 1998, durante o festival CIRCA em Auch, ocorreu um seminário que tinha como tema "As escritas artísticas" (1999). Nele, Pierre Judée de la Combe falava nestes termos: "Os gestos da pista não se deixam instrumentalizar. Há quem os comente como fim, com seus sucessos ou falhas". No entanto, a tentação é grande de querer forçar a barra! Se ficarmos na relação que o artista tem com seu objeto, onde pode se situar a intervenção do diretor de espaço (que ele seja ou não o artista de circo mesmo)? Não seria esse que se interpõe? Não seria ele obrigatoriamente um perturbador? O que com certeza faz

[1] As expressões "diretor de cena", "diretor de pista" e "diretor de espaço" traduzem respectivamente os termos *metteur en scène, metteur en piste e metteur en espace* no texto em francês. (N.T.).

a sua força? Guy Alloucherie, quando fala de seu trabalho no espetáculo *C'est pour toi que je fais ça!* declara: "Constatei que não podia intervir sobre as técnicas" (1999, p. 22). Ele toma como exemplo a gangorra russa. Quando os artistas de circo "saltam numa altura de oito a nove metros para recair num colchão segurado por dois portadores [...], não há como intervir", mesmo que tivesse "tentado durante as primeiras sessões dos ensaios. [...] Os acrobatas fizeram-lhe entender que ele podia intervir antes ou depois, mas não durante essa *performance* que necessita de uma grande concentração".

Será dizer que a técnica não pode se adaptar à escrita e que a escrita teria de se adaptar à técnica? Como o repara Riké, em longo prazo a expressão não riscaria ser limitada? A questão é fundamental. Guy Alloucherie, diante dessa dificuldade, estabelece um compromisso colocando como objetivos a permanência dos personagens e a integração do número de gangorra num universo – mesmo se por outra parte sua intervenção não se limita nisso.

Esse tipo de questão não era comum nas primeiras horas do novo circo. De fato, Pierrot Bidon e Guy Carrara, para Archaos, por exemplo, praticavam a sucessão, às vezes a justaposição de números de circo quase não modificados a não ser ao nível dos figurinos (o *look*) e da apresentação dos aparelhos (um guindaste levantando um trapézio). A intenção artística não se manifestava diretamente sobre os números. Ela acontecia em outro lugar, no quadro, nos intervalos, pela música, pela iluminação, pelo ritmo imprimido ao conjunto. Todo esse ambiente ecoava nos números e os colorava indiretamente. Tenhamos lá provavelmente uma resposta à pergunta colocada por Francesca Lattuada: "Como fazemos entrar os números?". Ela considera que "a colagem não é negativa, [que] criar com o que se tem é justamente sempre um trabalho poético". [...] O importante é "dar uma unidade" (1999, p. 19).

Quando, por exemplo, um malabarista imerge bolas de vidro e faz surgir brilhantes de mil gotinhas, como tantas luzes de cristais, ele aumenta a dificuldade e cria obstáculos, mas não faria mais que aumentar a quantidade de objetos? Sem nenhuma dúvida, ele introduz variação que exige uma intervenção no domínio da técnica; mas será que o efeito não se inscreve num procedimento estético e concorre somente a tornar a proeza mais evidente? Quando o malabarista de Archaos em *Métalclown* (1991), depois de ter castrado o ditador, joga com seus testículos, não é ele próprio que exibe, mas a coragem e a proeza do povo vencedor. Tanto num caso como no outro, a virtuosidade é irredutível. Se, como nos ensina André

Leroi-Gourhan, o fazer e o dizer são duas categorias do real intimamente ligadas, aqui se demonstra que um dos malabaristas limita o porte de seu fazer quando o outro se engaja num dizer que, de fato, é político.

O acessório não o é mais

Olhamos agora para o trabalho de algumas companhias que fazem seus espetáculos sobre o que parece ser uma das modalidades para construir um procedimento estético, no eixo desenvolvido aqui. Trata-se para elas de modificar a relação do corpo e do objeto, atacando nesse caso o objeto, propondo-se em requalificá-lo de diversas maneiras.

Adrienne Larue e Dan Demuynck (Compagnie Foraine) praticaram a sucessão de números no quadro ainda convencional da pista, buscando uma contemporaneidade com uma confrontação ousada com as artes plásticas. Em *Et qui libres?* (2000), os artistas plásticos convidados para intervir sobre a elaboração dos números atuaram quase sistematicamente sobre os aparelhos. A perturbação é real. Os objetos singulares determinam novas regras, suscitam uma composição gestual (há de se entender o termo como "papel de composição"). O artista é confrontado com uma situação desconhecida. Seus aparelhos foram suficientemente reestruturados (os sinos de Iannis Kounellis) ou desestruturados (a mesa mole de Alain Sonneville) para levá-lo a (re)pensar seus procedimentos, a (re)definir as modalidades do contato, a (re)negociar a materialidade. Mas será que a relação encontra-se fundamentalmente modificada? Sem dúvida quando as célebres listras de Daniel Buren deslizam sobre o cavaleiro, sucessivamente mascando e desmascando-o, elas podem levar a sondar a definição da proeza, sem nunca derrubar sua existência. Ao contrário, exibindo sua possível desaparição, será que ela não reafirma sua atualidade como quer a Compagnie Foraine? Quando os acrobatas pousam sobre a mesa mole, sentem seus apoios se derrubar; seus impulsos para cima são fortemente contrariados. A proeza não se vê mais num corpo em tensão, mas numa gesticulação complexa, que permite guardar o contato. Os equilíbrios trabalhados, apesar das dificuldades criadas pelo escultor brincalhão, concorrem em manter a exibição de um domínio técnico. Mas, além disso, os heróis talvez não somente triunfam da atração terrestre. De fato, será que eles não dizem nada de nossa realidade movente, inapreensível, com a qual devemos compor? Os gaguejos gestuais, induzidos pela matéria mole, não seriam da mesma ordem que nossas próprias hesitações ante as coisas da vida? Essas pequenas coisas de nada que rompem com a fluidez dos movimentos não se pareceriam com os acidentes que ritmam de modo aleatório nossas vivências?

Em *La maison autre* (1999), da companhia Pocheros, estamos também como testemunhas de um trabalho de reflexão sobre o objetos. Vi esse espetáculo na companhia de um amigo que nunca tinha assistido a um espetáculo de novo circo. Saindo da apresentação, admirador da prestação de Bertrand Duval, ele me diz que imaginava tudo o que um corpo poderia fazer no meio da estrutura metálica, o triedro. A menos que Bertrand Duval não soubesse explorar e transmitir a totalidade das figuras possíveis – o que é talvez o caso, mas duvidamos disso –, ele é suposto e guiado pela vontade da demonstração espetacular de seus anos de trabalho, mostrar uma variedade de posturas ou movimentos capazes de contentar o espectador. No lugar disso, a menos que seja além disso, ele deu a imaginar. Ele deu a pensar o não realizável. O que mostrado abre perspectivas para o não acontecido. No mesmo espetáculo, quando Mads Rosenbreck joga com uma única massa, a proeza é guardada no almoxarifado (e descartada). No entanto, o ritmo colocado no objeto torna presentes as massas ausentes. Mads joga com um número infinito de massas; ele brinca com o impossível tornado possível, porque o espectador decidiu assim. Assistimos a um apagamento parcial do objeto que libera o corpo e lhe dá a possibilidade de carregar, assumir uma carga intencional, de assegurar uma interpretação. Estamos bem aqui na realização de uma obra: em vez de se contentar em dar a ver, Pocheros dá a prender. A tropa cria uma obra aberta que o espectador pode agarrar para fazê-la sua. Liberando-se da proeza do objeto, o artista mantém a proeza a distância, o que não descarta a existência da virtuosidade (muito ao contrário, ela se revela indispensável). A proeza cede o lugar para a *performance*.

Assim, a intenção permite ao artista de circo emancipar-se da proeza. Seu corpo, liberado da necessidade de um fazer esclerosante pode engajar-se num dizer portador de utopia. Ademais, a intenção pode conduzir o artista até a *performance* – no sentido dado à palavra no domínio das artes plásticas, segundo a definição de Jean-Yves Bosseur: "A *performance* valoriza a identidade original e frequentemente polivalente deste que a produz e assim embaça a linha de separação entre as funções de intérprete e de criador" (1998, p. 147).

Referências

ALLOUCHERIE, Guy. Intervenção em *Lês écritures artistiques. Un regard sur le cirque*. Atas do seminário do CIRCA, festival de circo atual em Auch, novembro de 1998, Centre National des Arts du Cirque, Châlons-en-Champagne, 1999.

BOSSEUR, Jean-Yves. Performance. In: *Vocabulaire des arts plastiques du XXe siècle*. Paris: Éd. Minerve, 1998.

DURIF, Eugène. Intervenção em *Les écritures artistiques. Un regard sur le cirque.* Atas do seminário do CIRCA, festival de circo atual em Auch, novembro de 1998, Centre National des Arts du Cirque, Châlons-en-Champagne, 1999.

LATTUADA, Francesca. Intervenção em *Les écritures artistiques. Un regard sur le cirque.* Atas do seminário do CIRCA, festival de circo atual em Auch, novembro de 1998, Centre National des Arts du Cirque, Châlons-en-Champagne, 1999.

LES ÉCRITURES ARTISTIQUES. *Un regard sur le cirque.* Atas do seminário do CIRCA, festival de circo atual em Auch, novembro de 1998, Centre National des Arts du Cirque, Châlons-en-Champagne, 1999.

SOURIAU, Anne. Intention. In: *Vocabulaire d'esthétique.* Paris: PUF, 2004.

JOGAR NÃO É BRINCAR[1]

Jean-Michel Guy

Tradução: Augustin de Tugny

Jogar e brincar (em francês *jongler* e *jouer*) vêm da mesma palavra latina: *jocus*. De fato, ainda hoje jogar várias bolas no ar é um divertimento praticado em vários países. A maioria dos adolescentes e jovens adultos que se pode ver nos parques ou nos festivais de rua "fazendo um *passing* de massas" são os primeiros a considerar essa atividade como um jogo, como se fosse um tipo de jogo de tênis sem competição. Quanto aos malabaristas profissionais, poucos não tiveram que se confrontar um dia com a pergunta: "E fora isso, qual é sua profissão?". No entanto, jogar não é brincar.

A história recente do malabarismo[2] no Ocidente é marcada pela aparição e pela ampliação, rápida e contagiosa do malabarismo amador[3] que deu nascimento à *jongle*,[4] ampla rede de praticantes que se reúne em clubes, lugares e eventos de encontros, mídias de relacionamento, *sites* na Internet e rituais.[5] É difícil avaliar o número de adeptos, mas de qualquer maneira

[1] O termo jogar traduz aqui a palavra francesa *jongler*, que tem o sentido de jogar fazendo malabarismo. (N.T.).

[2] É um modo de falar, porque pode se sustentar que a história do malabarismo, construção social sempre recolocada em obra, não existe por si só, e que é tanto a história recente das práticas amadoras que decidiu da chegada do malabarismo entre elas. No entanto, a enquete de DONNAT (1996) sobre as atividades artísticas amadoras ignora as artes circenses de modo tão significativo quanto deplorável.

[3] É provável que a substituição de *jugglery* por *juggling* (e por extensão de *jonglerie* por *jonglage*) esteja ligada ao desenvolvimento da prática amadora, quer dizer, do "fazer": se *faz* malabarismo.

[4] O termo *jongle* se refere aqui ao modo francês de denominar as atividades ligadas ao movimento amador de malabarismo. (N.T.).

[5] Os malabaristas costumam chamar seus encontros anuais de "convenções". Desde 1985, uma cidade diferente acolhe cada ano a convenção europeia. A primeira americana ocorreu em 1947. O *site* da

é superior a dezenas de milhões na Europa. Muito raras no início dos anos 1990, as mulheres representam agora entre 20% e 30% dos amadores, entre os quais dominam os jovens, de classes sociais diversas, mas abastadas. Os malabaristas profissionais seriam na França entre 200 e 300, dos quais apenas 20 seriam mulheres.[6]

A multiplicação das lojas de malabarismo, a invenção de novos acessórios e a industrialização de sua fabricação, ligada ao crescimento dessa população, exercem uma grande influência, até estética, sobre a prática do malabarismo. Mais tocante é a diversificação do mercado de trabalho dos malabaristas, hoje solicitados por toda parte, para animar um *shopping center*, um casamento ou ainda tal festival medieval, tal hospital, tal escola, tal parque de diversão, quando não se trata de motivar os jovens executivos. Os eventos e os estágios de formação ao malabarismo asseguram hoje o essencial da renda dos malabaristas profissionais que, todos, sem exceção, são beneficiários do estatuto de intermitentes do espetáculo.[7] Entre os novos mercados, há um que tem um peso simbólico considerável: são os teatros. No final dos anos 1980, o *Institut de Jonglage*, a *Compagnie Douze Balles dans la Peau*e a Companhia Jérôme Thomas se abriram de fato para o malabarismo – até agora confinado no circo, no cabaré e no *music-hall* – e o acesso às cenas da rede cultural pública, apresentando espetáculos de pelo menos uma hora de duração.[8] Jérôme Thomas (resume com duas frases essa "revolução" que emancipa o malabarismo do divertimento agregando-lhe o reconhecimento de certa elite: 1) "o malabarismo é o malabarismo", quer dizer não é mais uma arte circense que qualquer outra coisa; 2) "o malabarismo é uma arte",[9] subentendido: é somente isso.

Apesar do grande respeito que inspira a seus colegas, o pensamento estratégico desse artista não é sempre bem percebido. Sinalemos duas posições extremas, a de Albert Lucas, que milita para um reconhecimento do malabarismo como esporte olímpico, e a de numerosos malabaristas, que

International Juggling Association é o mais completo. Para mais informações, a revista europeia *Kaskade* pode ser consultada.

[6] Na ausência de enquetes permitindo delinear o perfil sociodemográfico dessa população, podemos, no entanto, supor que os amadores pertencem a ambientes cada vez mais diversos, mesmo se o contágio do qual falamos ainda não alcançou as crianças das imigrações mais recentes ou do interior mais isolado.

[7] Trata-se de um regime de seguro-desemprego atribuído aos trabalhadores do espetáculo vivo e do cinema na França, correspondendo a uma caixa específica que regula a temporalidade intermitente de trabalho e renda inerente a essas profissões. (N.T.).

[8] Existem hoje umas 20 companhias que apresentam espetáculos em salas, especificamente na rede de salas públicas.

[9] O renomeado malabarista americano Art Jennings profere ainda mais fortemente: "*Juggling IS an art*" (o malabarismo É uma arte), carta para *Juggler's World*, inverno de 1987-1988. Os exemplos de tal tomada de posição são numerosos.

veem nele somente um jogo[10] ou até uma terapia. Mesmo entre esses que o praticam, a questão do malabarismo não é simples. No entanto, as apostas estéticas de uma minoria atuante tendem a tornar a questão caduca. Podemos classificá-los em três registros. A primeira mutação vem do nascimento da malabarística.[11] A segunda é uma mudança de paradigma ideológico que afeta todas as noções constitutivas do malabarismo, como a relação com o objeto, o tempo, o público. A terceira concerne as formas do discurso jogado.

Nascimento da malabarística

O que é o malabarismo? Como definição, o sociólogo pode se contentar em observar que existem dispositivos de socialização, como as convenções de malabarismo, e palavras, como esse malabarista, que são suscetíveis a fundar pertencimentos. Os primeiros interessados não o entendem assim, porque nunca deixam de reconsiderar as fronteiras externas (entre o que é malabarismo e que não é) e internas (que diferenciam as múltiplas práticas malabaristas). Pois as duas últimas décadas viram emergir não uma resposta unânime para essas duas questões, mas uma argumentação de tipo científico que contrasta com o empirismo em vigor até então. Para se convencer disso basta comparar *4.000 years of juggling* (1981), a obra monumental de Karl-Heinz Ziethen, com as teorias mais recentes de um Howey Burgess (1974, p. 65-70) ou de um James Ernest (1991): Ziethen mais mistura que combina um número inverossímil de critérios, como a natureza do objeto manipulado, a quantidade de malabaristas implicados em um número, o sexo, a nacionalidade, o estilo deles. Os recortes atuais se fundam ao contrário sobre o movimento do objeto que pode girar (malabarismo giroscópico), estar em contato com o corpo (equilíbrio, malabarismo-contato, *swinging*) ou implicar um amortecimento (malabarismo aéreo e malabarismo quicado). Todas as teorias em presença, que proliferam, são inspiradas por uma mesma busca de pureza taxonômica. Sinalemos somente a oposição interessante entre a concepção de Jorge Muller, que assimila malabarismo e manipulação de objetos e a de Aurélien Bory, que os distingue; a maioria dos malabaristas costuma subordinar a primeira noção à segunda, ou o contrário.

Uma dessas teorias exerce uma influência capital: é a formalização matemática, conhecida com o nome de *site swap,*[12] que permite anotar, com

[10] A etimologia lhes dá razão, porque *jonglerie* (malabarismo em francês) vem do latim *joculatio* (gozação), que deriva de *jocus*, que fez "jogo". Os amadores se encantam com os "jogos do malabarismo", competições simpáticas sem apostas financeiras que geralmente fecham suas "convenções". Ver BOURGIN, 2000, p. 24-25.

[11] Propomos aqui este termo para traduzir a palavra francesa "*jonglistique*", que significa a ciência do malabarismo (N.T.).

[12] O malabarismo é objeto de numerosas pesquisas em matemática. Devemos a Claude Shannon o primeiro teorema do malabarismo. Ver BEEK; LEWBEL, 1995.

ajuda de uma série de números, qualquer figura (*pattern*) de malabarismo.[13] Podemos dizer que o *site swap* se interessa pelas estruturas do malabarismo como língua, como sistema de relações pertinentes. A metáfora pode ser levada mais adiante, pois alguns malabaristas estudam as leis da "palavra" jogada, quer dizer da realização concreta das figuras teóricas.[14] Os progressos da análise são transmitidos aos alunos e acrescentados de uma reflexão sobre os modos de aprendizagem. A pedagogia, até pouco tempo fundada quase exclusivamente sobre o mimetismo, sai transformada desse esforço de objetivação, e a duração da formação é particularmente encurtada.[15] No entanto, é nas obras que esse pensamento analítico é mais legível: carregados por uma tradição circense que obriga cada malabarista a se distinguir de seus pares, pela concorrência implicada pelo desenvolvimento do malabarismo e pelo imperativo de originalidade e de transcendência próprio à definição dominante da arte, os malabaristas não podiam deixar de perceber como contingente o que seus predecessores consideravam necessário e evidente. Assim Jörg Müller prova que a submissão à lei de gravitação universal não é um dado essencial para o malabarismo. Assim Bernard Kudlak demonstra que se pode jogar sem que o objeto e a mão nunca estejam em contato. *Nec plus ultra* desse pensamento que dessolidariza propriedades do malabarismo aparentemente indissociáveis, sem sequer revelar outras escondidas, o malabarismo "mimado" da companhia Bloody Macadam que em *Zikball* marca pelo som as posições de três balas imaginárias.

Análise, formalização, notação abrem então o malabarismo ao viés da escrita e da leitura sábia. A extensão a essa forma de linguagem das noções de obra, de repertório, de autor e de intérprete,[16] que até agora lhes eram estranhas, torna-se ainda mais fácil de ser justificada.

A mudança de paradigma ideológico

A queda do objeto, no paradigma clássico, é uma metáfora da decaída. Para lembrar a seus congêneres sua vulnerabilidade intrínseca, o malabarista

[13] Sendo dados um número de objetos e duas "mãos" para lançá-los e pegá-los, o *site swap* nota a duração de cada lance (que corresponde na prática à sua altura, pois não se pode pensar o tempo sem o espaço) permitido então figurar seus entrelaces. O malabarista francês Denis Paumier acaba de enriquecer esse sistema com uma "teoria dos buracos" que simboliza formalmente as trajetórias.

[14] Ver, por exemplo a teoria dos pontos de malabarismo de DURAND e PAVELAK, 1999, ou os trabalhos de Jack Calvan, pesquisador de IBM, tendo em vista a construção de robôs malabaristas, ou ainda as pesquisas em análise do movimento conduzidas no laboratório de pesquisa em ciências do esporte da Université d'Orsay.

[15] Entre outras explorações sistemáticas das "leis" da construção do gesto podemos assinalar a "Pratique du jonglage cubique", de Jérôme Thomas.

[16] Ao confiar ao malabarista Simon Anxolabéhère, no ano 2000, a interpretação de IxBé, reprise de *Extraballe*, peça escrita e interpretada por ele mesmo em 1990, Jérôme Thomas é o primeiro malabarista a colocar em obra a distinção entre compositor e intérprete, comum a todas as outras artes do espetáculo.

pode fazer uso do faz de conta – astúcia que consiste em simular o erro –, ele não deixa de encarnar nos olhos daqueles as ideias de bravura e de super-humanidade. Essa concepção do malabarista em monge-soldado escandaliza o olhar contemporâneo. Então, é por novos modos de acolher a queda, absolutamente inevitável, que os malabaristas trataram de arruinar os modelos da falha, do perdão e da humildade fingida, fortemente impregnados de moral cristão, que tencionavam a proeza circense. Fácil de dizer, muito difícil de fazer, porque não se passa sem dificuldade de uma cultura da culpabilidade a uma cultura da responsabilidade[17] e ainda menos à ataraxia, essa indiferença pregada pelos estoicos. Para assimilar o incidente, há métodos agora tradicionais nomeadas *droplines*, que Joëlle Bourguin (2000, p. 33) analisou muito bem. Mas além dos procedimentos, unicamente um novo estado de espírito pode evitar o risco do opróbrio ao malabarista que "cai".[18] Não é por acaso que a bala de quicar, de silicone, é o objeto mais usado pelos profissionais: se por acidente o malabarista larga uma, ele pode facilmente integrar o quique na continuidade de seu jogo ou largar outra para criar a ilusão que a primeira queda era intencional. Mais geralmente, o malabarismo contemporâneo não é mais fundado sobre o medo de perder a face,[19] nem do lado dos espectadores, sobre o prazer perverso. Uma solução mais ampla ao problema da queda é o improviso que permite desregular a rotina[20], conjurar a obsessão do resultado e, como no *jazz*, buscar a própria felicidade de jogar no imprevisto e no improviso.[21] *Jongler*, nesse sentido, é *jouer*.

Outra mudança da maior importância é a procura do "zero objeto". O *Guinness Book*, o livro dos recordes, distinguiu Françoise Rochas, que se orgulha disso, com o título de primeira mulher a ter lançado (e pegado) sete bastões. Sem julgar de maneira alguma uma tal proeza, temos que constatar que ela deixa muitos malabaristas e espectadores tanto perplexos quanto admirativos. É que o "desempenho", valor canônico no meio esportivo, não recebe muitos louros no mundo artístico. Mesmo envolvida de graça, como nos concursos de patinação artística ou de ginástica olímpica ou rítmica, ela

....

[17] Ver sobre esse assunto as luminosas análises de EHRENBERG, 1998.

[18] No jargão dos malabaristas "jogar" e "cair" são usados de modo transitivo, então, no passado com o auxiliar "haver" (joga-se duas balas, hei caído uma massa) ou como o verbo "comer", de modo absoluto (esse malabarista há caído). O verbo "largar" designa ao contrário a ação intencional de "liberar ou desequilibrar uma bala, para confiá-la a gravidade). Ver DURAND; PAVELAK, 1999.

[19] Os conceitos de "face", de "quadro" e de "papel" forjados pelo sociólogo Erving Goffman revelam-se muito pertinentes para analisar as situações "malabarizadas", como mostra BOURGIN, 2000.

[20] É o termo consagrado no circo para designar o encadeamento técnico ou a parte que vai entrar na composição de um número.

[21] Daqui a extrema importância que tem ao olhar de Jérôme Thomas o último termo do intitulado do Festival de malabarismo contemporâneo e improvisado ("*Dans la jongle des Villes*"), que ele criou em Malakoff com Pierre Ascaride, diretor do Théâtre 71, cena nacional.

procura a inflação, exalta o espírito de competição e faz da glória seu final supremo. Pois Luc Boltanski e Laurent Thévenot (1991) mostraram que a fama é conciliável com a inspiração – valor cardinal do mundo artístico – somente a preço de compromissos muito precários. Então cada vez mais os malabaristas de hoje jogam com poucos objetos; às vezes, sem objeto nenhum. As aspas de reticência com as quais cercávamos mais alto o verbo "mimar" significam que o malabarismo com zero objeto, doravante corriqueiro[22], continua sendo malabarismo porque o corpo do malabarista conserva a marca do movimento que o objeto inscreveu nele. Formulação paradoxal, no entanto familiar para os malabaristas: é o objeto que me manipula, diz Nikolaus. O objeto em todas suas dimensões, materiais como simbólicas, revela-se uma condição da invenção – no sentido de descobrimento – de propriedades impensadas do corpo humano, do *ser* humano.[23] Desse ponto de vista, o malabarismo seria uma via de acesso ao conhecimento, ver, para retomar uma expressão de Lorrina Niklas (1989), um "movimento de pensamento" ou, mais prosaicamente, como sustentam numerosos malabaristas, uma arte energética, prima de certas artes marciais como o tiro com arco. Jérôme Thomas vai ainda mais longe: para ele "o objeto é o espectador". Jogar consistiria assim em manipular metaforicamente fantasmas para exorcizar a dificuldade contemporânea em assumir a pluralidade cada vez mais espalhada do eu.

Na *Belle Époque*, os malabaristas eram chamados de velocímanos.[24] O ilusionismo do malabarismo clássico que como o cinema produz um contínuo a partir de fragmentos acelerados nunca se revela melhor que no redemoinho das tochas em chamas que a retina do espectador retém em seus trajetos. Os malabaristas contemporâneos procuram, ao contrário, decompor os fluxos em frações temporais de uma duração ínfima. Eles dão assim a impressão de criar tempo, pelo menos de alentecer seu curso. Essa nova magia procede, ela é também de uma postura ideológico-moral contra a urgência, os enganos... e as verdadeiras aparências.

Em decorrência, a noção tradicional de apresentação deixa seu lugar para essas de presença, de interioridade e de representação. O malabarista não mais veste seu malabarismo, é por ele investido.

[22] Fora algum engano, é em *Extraballe*, de Jérôme Thomas, que aparece pela primeira vez, em 1990, essa nova retórica do malabarismo, mas Philippe Goudard já mandava seus estudantes do CNAC trabalharem com ela em 1989. Ver GOUDARD, 2001. Vincent Bruel joga zero objeto em *Visa pour l'amour* da companhia *Vis à Vis*, assim como Vincent de Lavenère em *Le Chant des balles* da companhia CDB (Chant des Balles), Thierry André e Jörg Müller em *Issu du cercle*, do Cirque Provisoir, Mads Rosenbeck em *La Maison autre de Pocheros*, etc.

[23] GOUDARD (2000, p. 32), como médico, vai até sugerir que as figuras de malabarismo revelariam "uma organização das estruturas neuronais preexistentes que as induziriam".

[24] Não no sentido habitual de triciclos infantis, mas como maníaco da velocidade. (N.T.).

A plasticidade artística

A terceira mutação consiste na criação de obras originais. O malabarismo é de tal plasticidade que permite uma infinidade de tratamentos. As peças *Hic*, da companhia Jérôme Thomas, e *IJK*, da Compagnie 111, destacam sua pura beleza plástica. Nessas obras, que lembram a teoria dos tensadores do coreógrafo Alwin Nikolaïs, o malabarista some atrás dos efeitos cinéticos ou acústicos das balas. As peças de rua de Gino Rayazone, de Yvan l'Impossible ou de Berenice Lévy; *Visa pour l'amour*, da companhia Vis à Vis; os grandes *passings* de *Candides*, de *Ningen* e de *Troie* do Cirque Baroque e tantos outros diferentemente colocam em cena malabaristas atores encarnado seus papéis. Thierry André, em *Cabane, jeu de cirque*, vai até colocar essa noção em *abyme*, encarnando um personagem que somente sabia jogar malabares. Muito diferente, o malabarismo de Vincent de Lavenère no *Le chant des balles* parece somente se relacionar à música. E é mais à dança que pensamos ao ver Martin Schwietzke em *A corps pour deux solistes*, ou François Chat em *L'oeuf du vent*. O que permite a inclusão de uma obra em um gênero vale também para todas as outras categorias do juízo. A aplicação no malabarismo das categorias da recepção – eruditas ou profanas – específicas das outras artes faz sua fortuna como seu infortúnio. Essa reflexão remete à questão da hierarquia das formas de expressão e ao poder que ainda exercem a escrita e a palavra sobre as artes aparentemente "mudas", na exceção talvez das artes plástica, cuja história e economia asseguram sua dignidade por muito tempo ainda. Não se trata de enfraquecer uma abordagem teórica. No entanto, a emancipação do malabarismo passa pela do corpo. Esta, em retorno, não saberia se passar da ajuda das palavras.

Referências

BEEK, Peter J.; LEWBEL, Athur. The matematics of juggling. *The science of juggling*, Scientific American Inc., 1995.

BOLTANSKI, Luc; THEVENOT, Laurent. *De la justification. Les économies de la grandeur*. Paris: Gallimard, 1991.

BOURGIN, Joëlle. Le vírus Du jonglage. *Arts de La piste*, n. 15, jan. 2000.

BOURGUIN, Joëlle. Sauver la face! *Arts de La piste*, n. 15, jan. 2000.

BURGESS, Howey. The Classification of Circus Technics. *The Drama Review*, 18-1, mar. 1974, p. 65-70.

DONNAT, Olivier. *Les Amateurs. Enquête sur les activités artistiques des Français*. Paris: La documentation française, 1996.

DURAND, Frédéric; PAVELAK, Thierry. *Le livre de la jongle 2*. Toulouse: Association Biocircus, 1999.

EHRENBERG, Alain. *La Fatigue d'être soi. Dépression et société*. Paris: Odile Jacob, 1998.

ERNEST, James. *Contact juggling.* Seattle: Ed. Ernest, 1991.

GOUDARD, Philippe. Gare à la tésonynovite scapulaire. *Arts de La piste*, n. 15, 2000.

GOUDARD, Philippe. Le cercle recyclé. In: GUY, Jean-Michel (Dir.). *Avant-garde, Cirque! Les arts de la piste en révolution.* Paris: Autrement, 2001.

NIKLAS, Lorrina. *La danse, naissance d'un mouvement de pensée.* Paris: Armand Colin, 1989.

ZIETHEN, Karl-Heinz. *4.000 years of juggling.* Sainte-Geneviève (France): Michel Poignant, 1981.

OS ACIDENTES DA NARRATIVA: UMA POÉTICA DO ESPAÇO-TEMPO

Gwénola David

Tradução: Augustin de Tugny

"Narrativa: é a relação oral ou escrita de fatos (reais ou imaginários)." "Acidente: é um evento fortuito, imprevisível." Assim fala o dicionário. O crítico sempre fica um pouco refém das definições e das ferramentas de analise quando procura agarrar uma arte que, justamente, escapa das categorias instituídas.

Na tradição teatral antiga e clássica, a narrativa se define como a narração de um evento acontecido fora da cena: elemento essencial da fábula, ela relata o que não é apresentável, o que é subtraído ao olhar do espectador por respeito aos costumes. O discurso toma o lugar da ação. À força da imagem em corpo, ele substitui o esplendor do verbo e valoriza o talento do poeta. Essa noção continua sendo estreitamente ligada à literatura e ao teatro. Ela remete historicamente ao texto, à intriga, à dramaturgia, mas também, por extensão, à sequência das causalidades, à coerência narrativa e a uma concepção linear do tempo. Ela deixa entender a existência de uma totalidade inteligível. No teatro, a dramaturgia clássica - e às vezes contemporânea - se inscreve nos movimentos da língua, nos efeitos da escrita, transpostos no corpo do ator, encarnados no palco.

No circo, não há nenhum "fora de campo", e durante muito tempo não houve possibilidade de nenhum diálogo sendo este o privilégio da *Comédie Française* até o decreto imperial de 1864 sobre a liberdade dos espetáculos. No entanto, a palavra e mesmo a narração faziam parte de diversos tipos de peças apresentadas nos espetáculos de circo do século XIX, e os *clowns*, muito cedo, soltaram sua língua em suas entradas ou esquetes. Mas numa disposição circular, a relação dos intérpretes entre si e com o público há de se estabelecer num modo outro. Não há cortina, nem coxias, nem bastidores: a pista (o picadeiro) com seus 360 graus se estabelece num presente sem antes nem depois, ela abre a perspectiva de um olhar panorâmico e conserva a utopia de uma visibilidade total e igualitária onde as luzes estouradas desvelam a ilusão. O artista que entra em pista vem de nenhum lugar, ao contrário do ator que, graças a seu personagem, se inscreve numa história que lhe precede e que se prolonga num devir. Logo, quando ele aparece na pista, o artista de circo é entregue ao público, que aprecia ao vivo sua dominação do objeto, do gesto ou do animal.

Sucessão de instantes

No circo tradicional, a variedade das disciplinas apresentadas (malabarismo, equilibrismo, trapézio, acrobacias, adestramento, etc.) se traduz pela diversidade dos números, apresentados numa sequência de *performances* autônomas com a intenção de magnificar a virtuosidade do artista. A dramaturgia interna funciona por graus sucessivos e se funda sobre o crescendo da proeza, orquestrada pelos rufos dos tambores e os aplausos: o artista começa executando uma primeira figura que parece fixar o padrão de seu talento. Em seguida, ele tenta ir cada vez mais longe em sua façanha e acaba se superando, afastando assim as fronteiras do possível. O número se desenrola como uma série de instantes sucessivos, que poderão ser repetidos em caso de falha. O espetáculo resulta da justaposição sequencial dos números, agenciados em função das necessidades técnicas de montagem e desmontagem dos aparelhos. Essa estrutura descontínua fundada sobre a *performance* induz a obrigação de criar o evento: o espetáculo deve marcar as mentes, abolir o tédio, então o tempo. A celebração da despesa improdutiva, da *performance* em nome da *performance*, desvia a causalidade inerente à narrativa, caso concordemos que o discurso supõe uma progressão em direção a qualquer coisa que há de ser demonstrado.

Trocas à vista, seriação dos números, repetição das figuras, intercâmbio dos artistas, evicção da cronologia e supremacia da linguagem do corpo sobre o discurso decorrem assim de uma visão cíclica do tempo. A intensidade dramática exalta-se na vertigem da tomada de riscos, no possível surgimento do acidente. A aposta nutre-se de um medo misturado com um desejo. Se o perigo, assim como o cômico, nos relembra a permanência do real, o circo, no entanto, manifesta uma tentativa de superá-lo. Do círculo onde o artista desafia a natureza e as leis da gravidade, onde ele afronta a morte (real em caso de queda, simbólica em caso de falha), ele risca o elo com um além, como se o exercício físico desembocasse em um universo metafísico.

Será que temos de concluir que não há narrativa no circo? De fato, podemos arriscar que o circo demonstra justamente os acidentes da narrativa, simplesmente na medida em que o imprevisto continua sendo um elemento essencial de sua dramaturgia e de sua dramatização. Mas o imprevisto não é a improvisação! Uma das rupturas fundamentais que marcam o "novo circo" transparece no desejo de *mise en scène* dos espetáculos. A construção das peças está impregnada de um "espírito dramatúrgico", para retomar a expressão de Bernard Dort citada por Jean-Marc Lachaud (1998-1999, p. 27). Nesse sentido, o circo se teatraliza não somente quando adapta textos literários ou dramáticos para a pista (o que alguns, como a Compagnie Foraine com Shakespeare e o Cirque Baroque com Voltaire, fazem, sem falar do Théatre du Centaure que interpreta a cavalo a íntegra das *Bonnes* de Jean Genet), mas ainda quando conta, representa, e elabora sentido com seus próprios materiais. A entrada do "personagem" na pista é testemunha disso. Como sublinha Jean-Michel Guy (1999, p. 39), "ao contrário do circo tradicional onde os artistas 'apresentam' seus números, e nisso somente apresentam-se mesmos, o novo circo é de repente 'representacional', quero dizer, instaura uma dissociação entre intérprete e personagem". O gesto se orna com sentimentos: ameaça, desafio, sedução, desespero, solidão... O artista de circo reencontra um passado, uma história, uma pegada sobre o aqui e o agora, um ponto de vista sobre a sociedade de hoje. Ao fazê-lo, reintroduz o tempo e a necessidade na sucessão dos quadros.

Em *Mélanges* (*opéra plume*), do Cirque Plume (2000), vemos assim desfilar toda uma galeria de personagens típicos: malandrinho da periferia, namorado tímido, louco casadouro, jeca de camiseta, roqueiro falido, músico complexado, *crooner* em fim de carreira, adolescente brincalhona, dançarina sedutora: cada artista forjou sua personagem com suas manias, seus sonhos, suas pequenas fraquezas e suas grandes vontades. Apreendidos em sua intimidade secreta, são ainda mais tocantes.

"Extraordinária", a proeza não é mais suficiente, mas permite dar uma figura concreta ao imaginário. Ela foge do realismo e se desenvolve como uma incursão do sonho no real: quando o tangível se ultrapassa e a mecânica do mundo se emancipa das leis da física, a lógica breca, a razão se perde nos labirintos da imaginação. Quando James Thierrée demonstra suas *performances* na *Symphonie du Hanneton* (Compagnie du Hanneton, 1998) é para se libertar das contingências e reencontrar a liberdade do sonho onde tudo é possível. Ele trapaceia o tempo, o dobra a seu bem-querer com freadas e acelerações, desobedece às leis da gravidade, superpõe os planos, inverte a verticalidade com a horizontalidade. Migalhas de lembranças batem em loucas alucinações que percutem visões extravagantes, que seguem as pistas de fantasmas clandestinos, que ricocheteiam sobre medos infantis, que se desfazem em pesadelos insensatos, que se metamorfoseiam em aparições feéricas, que... Outra semântica surge que desconcerta as relações causais da racionalidade, preferindo-lhe os acidentes do pensamento.

Mas o "novo circo", ao romper com o encadeamento sequencial de números cuja virtuosidade é a única justificativa não deixa de conservar as marcas da lógica funcional ligada à heterogeneidade consubstancial de seu vocabulário. Justapondo ou misturando as disciplinas, ele procede por desconstrução e reconstrução, por junções de fragmentos compósitos, por elipses e digressões que encontram sua coerência no ritmo, no ambiente, na colusão, no contato, aproximando-se mais do processo poético que de uma trama narrativa com uma linha contínua. Como numa colagem o sentido nasce tanto da tensão entre os diversos elementos como de cada um deles. Em *L'art sans paroles*, Gérard Macé (1999, p. 92) dá uma bela definição desse modo de composição:

> Figurativo sem ser mimético, evocando a realidade sem nunca ser escravo dela, o espetáculo de circo é uma arte poética finalmente visível, e faz sonhar num livro onde tudo seria ligado pela mais finas articulações, graça a uma linha condutora evitando a narrativa; um livro onde os silêncios permitiriam retomar o impulso e cujos fragmentos se encadeariam com flexibilidade segundo as ligações da analogia em vez das leis da lógica.

No cenário da geometria variável de *Mélanges* (*opéra plume*), para seguir esse exemplo, deslizamos de um *show* de rock improvisado para um quarteto aéreo no qual o contrabaixista decola com suas notas, passando por cantos polifônicos, um solo de diva e uma sinfonia de telefones celulares. Um anjo SDF (sem deus fixo)[1] atravessa esse cafarnaum, levado por seus patins. As histórias se cruzam, se mesclam às vezes sob o olhar medúsico, muitas vezes mal-humorado, com mania de perfeição, a faxineira que varre tudo o que passa. O burburinho da vida surge com sua poesia e suas angústias. "O espetáculo é feito por vivos para vivos, ele é alegre, colorido, profundo, poético, sujo, desajeitado, preciso, ele é como a vida", resume Bernard Kudlak.[2] Com os Colporteurs, em Filão, é a figura do Barão nas árvores (*Il Barone rampante*, de Italo Calvino) que tece a ligação entre as cenas. É também o jogo com o espaço que engendra a fábula: a horizontalidade e a verticalidade sustentam a metáfora da solidão e da impossibilidade de viver definitivamente fora da sociedade dos homens.

[1] Trata-se aqui de um trocadilho, as iniciais SDF (*sans domicile fixe*) definindo os sem-tetos. (N.T.).

[2] Citação extraída do programa do espetáculo.

O alfabeto e a gramática

No entanto, o circo possui seus fonemas e sua gramática. Existe bem um alfabeto das figuras básicas, diversos modos de variações rítmicas e de configurações espaciais, regras de construção impostas pelas leis físicas: flip flap, salto! A arte toda consiste em brincar com as combinações e as aliterações, mas também com os intervalos e as alterações. Emancipado das estruturas discursivas de tipo linear, o circo produz uma sintaxe analógica e descontínua que se aproxima de outras escritas contemporâneas. O sentido escapa por farrapos, surge das ressonâncias entre as tessituras das línguas, os movimentos dos corpos, a estruturação do espaço. O encadeamento das cenas ou dos quadros desvia a cronologia narrativa, procedendo por saltos de imagens que se encaixam nos misteriosos labirintos do espírito. Os artistas de circo destilam o sentido na precisão do gesto, na penumbra dos não ditos, no confronto carnal dos impulsos do desejo e da morte, para captar isso que se recusa à ordem cartesiana e que o espírito tenta impor sobre o coração. Apesar da aparente explosão da narrativa, um subtexto se trama e confere uma coerência global ao conjunto disparatado dos signos. As linguagens da pista filtram entre os interstícios da racionalidade em que a retórica esbarra com a complexidade do ser e com a inapreensível realidade.

Em *Et après on verra bien*, Guy Alloucherie modula assim os ritmos, sobrepondo planos-sequências que progridem por fusão ou *cut-off*. Ele mistura os gêneros, procede por acelerações súbitas em um precipitado de imagens escolhidas no universo adolescente, nutrido de filmes, seriados e histórias em quadrinhos. O movimento se torna caligrafia dos impulsos do pensamento. No meio da agitação geral, o artista se isola numa figura ou num número, metáfora de seu fechamento. Os comediantes-músicos-malabaristas-acrobatas jogam no espaço fragmentado de suas solidões justapostas, onde cada um conta sua história, suas angústias e suas loucuras. As sonoridades do íntimo se entrelaçam para compor um coro que diz as vagueações da juventude.

Transgredindo os códigos tradicionais, dessacralizando o rito, o "novo circo" descobre também a carne, a matéria, o corpo em trabalho, o homem outrora mascarado na magnificência dos figurinos. Assim o tratamento do "erro" mudou. Além do imperativo que exige a fluidez e proíbe retomar o número falido, trata-se de não mais negar o risco da falha, inerente ao circo, nem de se negar como indivíduo vulnerável e falível. Essa capacidade de apanhar o mundo pelas suas migalhas, de dizer a fragmentação das individualidades e de reencontrar a vivência do espectador pela abertura sobre o outro faz a força das artes da pista.

Ninguém o diz melhor que Francis Ponge: "A poesia se encontra nos riscos esforçados desses que esperam... que militam para um novo abraço com a realidade".

Referências

GUY, Jean-Michel. La transfiguration du cirque. *Théâtre aujourd'hui*, n. 7, 1999.

LACHAUD, Jean-Marc. *Adieu, la piste aux étoiles! Mouvement*, n. 3, dez. 1998/jan. 1999.

MACE, Gérard. *L'art sans paroles.* Paris: Le Promeneur, 1999.

A OBRA CIRCENSE EM VISTA DO DIREITO AUTORAL

Olivia Bozzoni

Tradução: Augustin de Tugny

Os números de circo foram consagrados pela lei de 3 de julho de 1985,[1] tanto no terreno do direito autoral (direito do autor sobre sua criação) como no campo dos direitos conexos (direito do artista – intérprete sobre sua interpretação). Doravante, o Código da Propriedade Intelectual (CPI) trata dos "números de circo" nos artigos L.112-2.4° (direito autoral) e L.212-1 (direitos conexos). Trataremos aqui somente do direito autoral, quer dizer do conjunto de direitos reconhecidos ao autor ou a seus herdeiros de sua obra.

Essa proteção se aplica sobre a forma da obra (a ideia não pode ser protegida). Ela pode ser adquirida sem formalidade e independentemente do mérito da obra ou de seu autor. Basta ter "originalidade", quer dizer, que a obra carregue a marca da personalidade de seu autor, o que lembra notadamente a jurisprudência Copperfield[2] a respeito de um número de ilusionismo. No entanto, o legislador assinalou que os números de circo "cujo formato fosse fixado por escrito ou por outro meio" eram suscetíveis de serem protegidos. A natureza dessa condição inquieta. Do artigo L.111-1 do CPI pode ser destacada a ausência de formalidade, e parece improvável que o legislador se contradiga no artigo L.112-2.4°. Parece então lógico fazer da fixação uma condição de prova destinada a proteger o autor em caso de conflito. Ele é convidado a tomar essa precaução, provar o imaterial não

[1] Neste artigo, se trata exclusivamente do direito, da legislação e da jurisprudência sobre os direitos autorais. (N.T.).

[2] Tribunal de grande Instância de Paris (TGI) Paris 3°, 20.12.1996, RIDA, 07.1997, p. 351.

sendo uma causa fácil. A proteção se concretiza pela atribuição, para o autor, de direitos morais perpétuos (direito de divulgação, direito de paternidade, direito ao respeito, direito de retração ou de correção) e de direitos patrimoniais temporários (direito de apresentação e direito de reprodução).

O legislador parece somente cuidar do circo tradicional; no entanto, derivado deste último, o novo circo se apoia de modo mais flagrante sobre outros gêneros artísticos: a coreografia, o teatro, a música, a pantomima, a poesia, a ópera... Tradicional ou novo, o circo possui características idênticas, e esses dois termos só servem para identificar dois processos criativos diferentes, apesar de coletivos. É essencial caracterizar corretamente a obra porque dessa qualificação se desenvolve a titularidade dos direitos autorais e um regime jurídico específico às vezes constrangedor. Essa qualificação não é convencional (os autores não a escolhem por contrato), mas legal, determinada pela aplicação dos critérios legais no processo escolhido. Três tipos de obras com autores múltiplos podem ser destacados do artigo L.113-2 do CPI: a obra de colaboração, a obra composta e a obra coletiva.

O circo tradicional: um processo criativo não tradicional na vista dos juristas

Um processo de criação pode se revelar não tradicional quando se aplica nele uma qualificação que aparece como excepcional em vista da lei. Que se tratasse do número ou do espetáculo de circo, o processo criativo coletivo é individualizado ou hierarquizado.

Diferenciar o número do gênero não é tarefa fácil. De fato, às vezes é difícil distinguir o gênero (o homem canhão, o transformismo, a prestidigitação...) que não pode ser protegido, porque é do domínio da ideia, de sua formatação, que pode o ser. O gênero faz parte do fundo comum do circo, e seria inconcebível que uma pessoa pudesse se apropriar dele com o risco de fazer desaparecer o circo. O juiz[3] tomou o cuidado de precisar desde 1958 que o gênero, de transformação, nesse caso, não era suscetível de ser protegido pela legislação relativa ao direito autoral, mas que a formatação desse número, se demonstrada a marca da personalidade de seu autor, podia sê-lo. A jurisprudência Copperfield precisa também que um gênero não pode ser protegido[4] e afirma, por sua vez, que uma *mise en scène* original pode ser protegida. Segundo o Dr. Bertrand,[5] a condição de

[3] Cour d'appel (CA) Paris, 3.03.1958, D. 1958 som. 159 confirmando Trib. Correct. Seine, 10°, 9.02.1957, JCP 1957 - II-10031.

[4] Tribunal de grande Instância de Paris (TGI) Paris 3°, 20.12.1996, RIDA, 07.1997, p. 133.

[5] *Le droit d'auteur et les droits voisins*. 2. ed. Dalloz, parágrafo 5.122, p. 200.

fixação, além de fornecer uma prova, teria igualmente como objeto diferenciar a ideia de sua formatação de maneira a atribuir a proteção do direito autoral à obra, e não ao gênero. Será que o legislador não quis proteger a *mise en scène* em vez do número? O número não seria um gênero? De fato, a expressão não aparece no CPI e uma resposta ministerial de 1988[6] deixa ao juiz a tarefa de avaliar caso a caso se uma *mise en scène* é suscetível de ser protegida ou não.

O processo de criação do número circense pode ser coletivo por conjugação. A questão da colaboração com o músico, por exemplo, é raramente colocada no número; teríamos então mais a justaposição de uma música, quer dizer uma obra derivada. Sobre esse tema veremos mais adiante a incidência dos regimes jurídicos relativos às qualificações compósitas ou de colaboração. Essa incidência é a mesma que se trata do circo tradicional ou do novo, o regime se referindo à qualificação, e não à forma artística.

Dos interesses em jogo relativos ao estatuto do número, convém agora considerar o espetáculo como processo coletivo especializado. De fato, o espetáculo de circo tradicional seria uma obra pela reunião do conjunto de números. Segundo essa hipótese, os autores devem obedecer a uma lógica comercial. O diretor de circo, mesmo trabalhando com paixão pela sua arte, continua sendo um empresário: a vida de seu circo depende do benefício que tira dele. Nesse processo criativo, não há nem obra de colaboração, cada um trabalha no seu canto sem combinação anterior ou inspiração comum nem obra derivada, porque não há incorporação de obras preexistentes. Não teria então obra coletiva? Mesmo se o estudo da jurisprudência demonstre que o espetáculo vivo raramente corresponde a esse tipo de obra que o legislador tende a colocar como exceção, não há, no entanto, como excluí-la. Dessa qualificação, podemos ressaltar que se há criação igualitária, há também exploração desigual.

Três condições cumulativas são necessárias para a qualificação de uma obra coletiva[7]: a iniciativa e a direção por uma pessoa física ou moral; uma divulgação no nome dessa pessoa; a fusão das contribuições que tornam impossível a atribuição de direitos distintos sobre o conjunto da obra para cada um, o que não significa que a identificação dos autores seja impossível. Segundo o professor Françon, há obra coletiva desde que "cada um dos contribuintes viu sua atividade intelectual confinada num setor particular" e que "o organizador da publicação" (o exemplo é tirado no domínio da escrita)

[6] RM n/ 333, Diário Oficial 25.08.1988.

[7] Artigo L.113-2, alínea 3 do Código da Propriedade Intelectual (CPI).

coordene as contribuições.[8] O diretor de circo seria esse "organizador", o elemento catalisador do espetáculo. O autor-artista (frequentemente é o mesmo homem que cria e interpreta) é requisitado em função de suas competências: o trapezista não montará um número de malabarismo, o *clown* um número de adestramento... Cada um sabe por que foi engajado, e a procura dessa qualidade é suficiente para o autor criar. No processo já citado, o juiz foi atento a tal noção de obra coletiva invocada pela sociedade David Copperfield. Se ele não se pronunciou sobre a validade dessa qualificação, ele parece não a ter achado incongruente, em vista da solução dada ao litígio.

Se na criação há igualdade, não é o mesmo na exploração. Há na obra coletiva um tipo de hierarquia em desfavor dos autores e em prol do elemento catalisador: o diretor de circo. O artigo L.113-5 do CPI dispõe:

> A obra coletiva é, até prova de contrário, a propriedade da pessoa física ou jurídica em nome do qual é divulgada. Essa pessoa é investida dos direitos autorais.

Se o ator é sempre uma pessoa física, o titular dos direitos autorais pode ser uma pessoa jurídica. O catalisador é titular dos direitos, mas não é autor. Não podemos, no entanto, assimilá-lo ao produtor da obra audiovisual que não é investido a título de originário dos direitos patrimoniais, mas pelo viés de uma presunção de cessão,[9] na medida de sua participação unicamente financeira. Ao contrário, o diretor de circo toma a iniciativa do espetáculo, divulga-o com seu nome, participa de sua realização e não se contenta em somente trazer o financiamento. O autor do número conserva seu direito moral (mesmo se esse pode ser atingido durante a junção das contribuições), mas ele não teria a possibilidade de explorar sua contribuição separadamente.[10] Os autores são remunerados, por exceção, com pagamento definido antecipadamente, o que pode se revelar menos vantajoso para eles do que o princípio de remuneração proporcional à exploração da obra. A duração dos direitos patrimoniais é mais curta que no direito comum na medida em que o ponto inicial dos 70 anos durante os quais correm não é mais o 1° de janeiro do ano após a morte do autor, mas aquele que segue a publicação da obra. Ao contrário do que precede, o novo circo está mais em conformidade com os princípios editados pela lei.

---

[8] *Cours de propriété littéraire, artistique et industrielle*, Litec, "Les Cours du droit", p. 196.

[9] Artigo L.13224 do CPI.

[10] O artigo L.121-8 do CPI é uma exceção unicamente aplicável ao autor de obras publicadas num jornal ou numa coletânea.

O novo circo: um processo criativo tradicional do ponto de vista do direito

Convém em geral aplicar as qualificações de princípio das obras criadas por diversos autores em conjunto, a saber, a obra de colaboração e a obra derivada. No primeiro caso há cooperação igualitária, no segundo, criação por conjugação.

Na obra de colaboração, há igualdade na criação e na exploração. Três critérios se destacam da definição do CPI[11] e da jurisprudência: os coautores, pessoas físicas, participaram da formatação da obra, trouxeram a marca de sua personalidade, houve combinação anterior entre eles e uma inspiração comum se manifestou ao longo da elaboração da obra. É assim que ocorre quando diversos autores se reúnem e, a partir do nada, elaboram um espetáculo de circo. Devemos notar que nem a hierarquia (um autor pode ter um papel criativo mais importante que outro) nem a ausência de simultaneidade na criação excluem a colaboração.

Destaca-se do CPI[12] que a obra de colaboração é a propriedade comum dos coautores (a não ser para o direito moral, direito ligado à pessoa do autor), mas principalmente que seja prudente um único coautor, podendo bloquear a exploração do todo na medida em que devem exercer seus direitos num acordo comum; daí a necessidade de um acordo... Além disso, ao contrário do que vimos na análise do espetáculo de circo tradicional como obra coletiva, na colaboração, a exploração separada das contribuições identificáveis e de gêneros diferentes é possível na medida em que isso não prejudique a exploração da obra comum. Essa última condição implica a aplicação do critério do acessório e do principal. De fato a exploração separada do elemento principal de uma obra afeta necessariamente a exploração da obra comum. Dessa maneira, a jurisprudência Massine precisa que o elemento principal de um balé é sua coreografia[13]. No novo circo, as contribuições parecem ser de igual importância, ao benefício dos coautores que poderão assim explorar separadamente suas contribuições. Também, a duração dos direitos patrimoniais é mais interessante aqui: os 70 anos começam a ser contados a partir do 1° de janeiro seguinte à morte do último dos coautores.[14] É indispensável definir as noções de autor e coautor. Os coautores da obra circense são aqueles que respondem à definição enunciada anteriormente

[11] Artigo L,113-2 alínea 1 do CPI.

[12] Artigo L.113-3 do CPI.

[13] Tribunal administrativo (TA) de Nice, 11.01.1966, JCP.66.II.14884, nota Boursigot.

[14] Artigo L.123-3 do CPI.

(inspiração comum, combinação anterior, originalidade). O autor não responde a essa definição: é esse, por exemplo, que realiza os figurinos depois de a obra circense ter sido criada. Seu acordo não é necessário para explorar a obra circense enquanto precisa do acordo de todos os coautores. No caso invocado, a autorização do autor dos figurinos é necessária somente no caso de uso desses. Utilizar seus figurinos no caso de uma reprise não tem nada de obrigatório (salvo se houver cláusula contratual), e sua remuneração será proporcional ao uso de sua obra, não da obra circense.

Na obra derivada (precisamos que uma obra pode ser ao mesmo tempo de colaboração e derivada), há criação por conjugação. Na realidade, não há verdadeiramente obra de diversos autores na medida em que um retoma a criação de outro. De fato, uma obra que incorpora uma obra preexistente sem a colaboração do autor dessa última é derivada.[15] Existem dois tipos dela[16]: ou há justaposição das contribuições (fazer um número de acrobacia sobre uma música de Bach), ou há transformação de uma contribuição (adaptar para a pista *Alice no país das maravilhas* de Lewis Carroll). Conforme o CPI[17] há de distinguir duas hipóteses; ou a obra preexistente ainda é protegida – nesse caso a autorização de seu autor (ou herdeiro) é necessária e se deve remunerá-lo, ou a obra preexistente está no domínio público e então não há autorização a pedir nem remuneração a efetuar.

Qualquer que seja o caso, deve-se sempre respeitar o direito à integridade do autor da obra preexistente. Se há justaposição ou adaptação, e mesmo se o autor da obra preexistente deu seu acordo para a realização de uma obra derivada, um conflito pode aparecer com uma das prerrogativas do direito moral – que é perpétuo –, a saber o direito à integridade que preserve o autor contra qualquer desfiguração de sua obra. Onde se situa o limite entre a transformação necessária para a obra compósita e esse direito ao respeito? É muito difícil responder, já que na realidade é o autor da obra preexistente que fixa os limites desse direito. A jurisprudência tenta garantir o justo equilíbrio entre a necessária liberdade do adaptador (apreciada caso a caso) e o espírito da obra primeira. No entanto, uma espada de Damocles está dependurada acima da cabeça do autor da obra derivada.

O circo não é a única forma de espetáculo vivo que requer um processo criativo coletivo. No entanto, é um dos raros gêneros que permite a utilização

[15] Artigo L.113-2 alínea 2 do CPI.

[16] Se há somente reprise de uma ideia (fazer um espetáculo sobre o tema da volta ao mundo), não há obra compósita, mas obra absolutamente "original" (no sentido do direito autoral), não podendo a ideia ser protegida.

[17] Artigo L.113-4 do CPI.

das três noções de obras de autores múltiplos. Talvez seja porque essa arte tão antiga está tão jovem no direito.

Referência

BERTRAND, Andre. *Le droit d'auteur et les droits voisins*. 2. Ed. Paris: Dalloz, 1999.

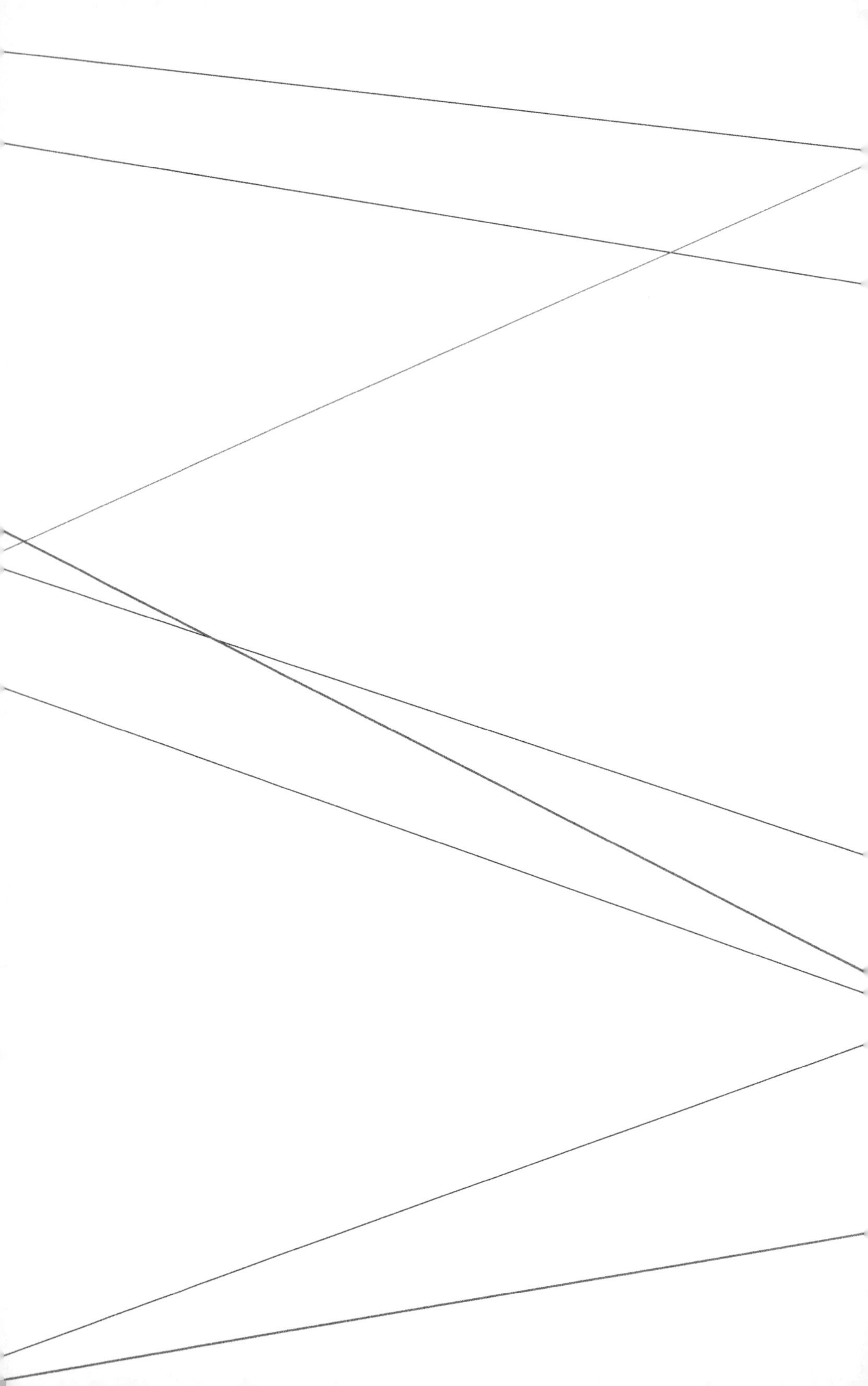

FILIAÇÕES, REFERÊNCIAS, CRÍTICA

Ao longo de sua história, das demonstrações de Astley às provocações de Archaos, como durante suas peregrinações entre a França, a Itália e a Alemanha, a América do Norte e a Rússia, o circo ganhou as mais várias definições. A progressiva codificação do gênero não impediu que uma crítica de vanguarda procurasse nele seus argumentos e exemplos a fim de atacar o academismo e espírito de rotina que dominava as cenas convencionais.

ENTRE A PROEZA E A ESCRITA

Caroline Hodak-Druel
Tradução: Augustin de Tugny

Se a essência do teatro se define pela dramaturgia e a da dança pela coreografia, a do circo é muito mais incerta para ser resumida a uma única palavra. Não que a identidade do circo seja indefinida. Mas à diferença de outras formas artísticas, o circo não se funda sobre nenhum critério acadêmico. Quem diz academismo diz regras e princípios, o que significa ao mesmo tempo um quadro de produção ou de oposição que favorece a criação e uma linguagem específica, permitindo definir e identificar a prática da arte em questão com seus constituintes.

O circo é por sua parte uma criação *ex nihilo*, sem raiz num passado fundado sobre a racionalização de uma cultura sábia, o que não é sem relação com o fato de que o circo ainda procura os termos de sua arte, o "ver" delas. Os critérios que definem sua essência são muitos, como as disciplinas que o constituem. No entanto, um elemento parece se distinguir: o espetáculo nele é fundado sobre a virtuosidade e a mestria do corpo, a ponto de o exercício físico e a proeza tomarem lugar de qualquer forma de escrita.

Pois, em numerosos espetáculos recentes, a formulação de uma narrativa, perceptível ou real (*L'harmonie est-elle municipale?*, do Cirque Plume, 1996-98), a vontade de passar uma mensagem através do agenciamento da cena e do jogo dos corpos (*Metalclown*, de Archaos, 1991) ou ainda a referência explícita à literatura (*Ningen*, do Cirque Baroque, 1998) fizeram surgir a questão de uma escrita de circo,[1] a ponto de alguns qualificarem essas escolhas artísticas como teatralização do circo contemporâneo.

[1] Sobre esse assunto, ver *Les écritures artistiques. Un regard sur le cirque*, atas do seminário organizado durante o CIRCA em Auch, 1998, Centre National des Arts du Cirque, Châlons-en-Champagne, 1999.

Tais orientações engendraram também um pressuposto, frequente hoje, segundo o qual os exercícios do corpo perderiam em sentido o que a escrita e a narratividade do espetáculo ganham. De modo ainda mais caricatural e arbitrário, a visível sucessão de números nos circos tradicionais seria do domínio da proeza, enquanto os "novos circos" jogariam com uma escrita específica. No entanto, desde o final do século XVIII, proeza e escrita foram sempre ligados no seio das produções circenses. Dissociar essas duas dimensões equivale não somente a negligenciar períodos inteiros da história da qual emergiu o circo contemporâneo, mas também a deixar de lado elementos de análise úteis para a compreensão e o deciframento de um espetáculo sempre em busca de grades de leitura.

Mas o que entender por escrita quando se trata de um espetáculo a priori sem texto e sem palavras? A escrita é, antes de tudo, o traço gráfico de um texto. Menos concretamente, a escrita é também a trama narrativa de um espetáculo, a linha que dá sentido para uma representação e permite transcender até o sensacional. Ao reconsiderar a importância da produção textual relativa ao circo nos séculos XVIII e XIX, duas realidades aparecem. A primeira é que existe um repertório de circo idêntico ao repertório clássico de um teatro e que teve lugar para a palavra na pista além das únicas prestações dos *clowns*. A segunda é que fora da peças de circo, existem escritas propriamente circenses nas quais o gesto e a proeza, se não são associadas à palavra, não deixam de inscrever uma linguagem que faz sentido.

Sentido e contexto

Todos sabem que na origem do circo moderno figuram as demonstrações equestres de Philip Astley e outros. Esses exercícios traduziam as proezas – para dizer melhor, as capacidades e a bravura – do cavaleiro militar em plena ação guerreira. Sendo puramente físicos, não podiam melhor apresentar o que de modo comum entendemos como "proezas físicas". No entanto, a leitura dos cartazes do tempo oferece uma evocação precisa de cada posição do soldado sobre seu cavalo e do significado dessa posição. Objetivação do que acontece na pista e bula para entender as facécias do cavaleiro, a escrita descritiva do cartaz é tanto técnica como publicitária. Ela fornece também a prova de que a sequência dos exercícios é construída, coerente e faz sentido e que não se trata somente de uma sucessão de proezas improvisadas. Em último lugar, o fato mesmo de expor por escrito o desenvolvimento dos exercícios revela-se uma garantia para o público que pode verificar durante o espetáculo que o anúncio era justo e confiável.

Esses cartazes têm também um papel dialético. De fato, se a acrobacia equestre é sem dúvida espetacular, trata-se antes de tudo de uma arte da guerra que se inscreve no preparo do cavaleiro militar e nas novas técnicas do campo de batalha (cavalaria leve) da segunda metade do século XVIII. Então o descritivo dos cartazes não é somente uma descrição do programa, mas também um relatório das posições ensinadas aos cavaleiros militares, aos quais são acrescentadas posições mais rocambolescas. Quem não é interessado na contextualização das proezas acrobáticas perde o sentido de suas representações e a significação do que elas tenham para quem as colocavam na pista e ainda para esses que estavam suscetíveis de observá-las... e capazes de entendê-las. Acontece o mesmo mais tarde com os exercícios de *haute école*, cujo sucesso é incontestável durante todo o século XIX, particularmente na França e na Alemanha. Até a aparição do automóvel no final do século, todos estavam acostumados com a equitação quotidiana. Assim, mesmo se todo o público não dominasse os preceitos da equitação acadêmica, cada um era capaz de julgar a dificuldade dos movimentos impostos aos cavalos. Só para comparar, hoje apenas uma minoria de profissionais e de aficionados tem a capacidade de perceber os movimentos mais ou menos complexos e ortodoxos que Bartabas manda fazer em seus cavalos.

Recolocar o desenvolvimento desses exercícios no contexto de sua espetacularização e de sua exploração permite não limitar o olhar e a análise à mestria da arte e à percepção da virtuosidade do artista. Pois a proeza, como as palavras, é mais polissêmica que se pode acreditar. Ela se inscreve numa língua tangível que um melhor conhecimento dos referentes culturais dos contemporâneos permitiria apanhar em toda sua amplidão e que, sobretudo, permitiria romper com a ideia de que o que não tem escrita não possui sentido além da realidade visível. Entretanto o circo fabricou não só suportes escritos como os cartazes, os programas, mas também todo um conjunto de invenções técnicas e de inovações tecnológicas que ajudam a entender o jogo permanente entre significante e significado, como mostram o disfarce corriqueiro dos nomes, dos lugares, das referências, o recurso a figurinos determinados, a posturas ou gestos caricaturais. Enfim, todo um arsenal de tipos ideais inscreve gráfica e materialmente as lógicas que presidem à construção do espetáculo. Ora, habituados em trabalhar a partir de obras de autores, os observadores têm dificuldade em deslocar seu olhar em direção aos suportes variados que encarnam as condições de produção, bem como às criações dos artistas que frequentemente marcaram seu tempo ao estruturar os modos de fazer, agir e pensar de seus sucessores.

Gêneros e repertório

Se de certo não há circo de autor, houve autores de circo que, aliás, eram frequentemente autores de teatro. Entre esses um dos mais prolixos foi J. A.

G. Cuvelier de Trie, no Cirque Olympique. Autores de teatro conhecidos escreveram para o circo, como Guilbert de Pixérécourt e Alexandre Dumas.[2] Apesar dessas assinaturas, o gênero permanece ignorado.

No entanto entre 1807 e 1848, o repertório do Cirque Olympique contava com aproximadamente com 260 peças, cujos libretos estão todos conservados na Biblioteca Nacional (no departamento dos impressos, e não no departamento de artes e espetáculos) ou em várias grandes bibliotecas estrangeiras. As datas de 1807 e 1848 constituem somente os limites de uma amostra fácil de ser recenseada "graças" à censura, reestruturada por Napoleão em 1807, enquanto a data de 1848 impõe um abrandamento durante a efêmera segunda república, antes que o controle dos teatros parasse em 1864 e que a censura fosse suprimida em 1905.

A partir de 1807, todos os libretos deviam então ser apresentados ao setor de teatros, ligado ao Ministério do Interior, a fim de controlar seu conteúdo e julgar de sua probidade antes da apresentação ao público. Mas existem libretos anteriores a 1807. A obra mais antiga é inglesa e data de 1789 (John Dent, *La chue de la Bastille*, apresentada ao Royal Circus em agosto de 1789), enquanto na França a mais antiga parece ser *Le tombeau de Turenne*, ou *L'armée duhin à saspach*, "fator histórico em um ato, mesclado de *vaudevilles*, pantomimas, danças e evoluções militares, terminando com novas evoluções de infantaria e cavalaria", publicada em 1798.

Entre 1807 e 1848, o Cirque Olympique explora em média cinco ou seis criações por ano – média bem relativa, contando de uma única peça anual até 17 novas peças apresentadas em 1827, ano da abertura do terceiro Cirque Olympique. Seu repertório é composto por pantomimas, mimodramas e melodramas, o que demonstra que o circo não se limitava às formas isentas de palavras e música. De fato, supunha-se que a palavra era privilégio da Comédie française, e a música, da ópera, proibindo esse tipo de expressão sobre o palco dos teatros secundários, quer dizer não subvencionados e restritos aos modos ditos menores. Esses teatros deviam cada um restringir-se a um gênero próprio: o circo era assim alocado ao gênero equestre. Ora, não somente os teatros secundários se imitavam e se copiavam entre si, mas também ultrapassavam em permanência suas atribuições. No caso do circo, os mimo e os melodramas eram supostamente proibidos por serem peças mímicas acompanhadas de músicas e frequentemente pontuadas por cantos, o que era por princípio proibido na pista. Assim quando a ópera se

[2] Em colaboração com Nicolas Brazier, Guilbert de Pixérécourt escreveu *Bijou ou l'enfant de Paris*, fantasia-*vaudeville* que foi encenada na pista do circo no 31 de janeiro de 1838. Alexandre Dumas por sua vez é o autor de vários dramas apresentados no teatro do Cirque entre 1851 e 1861, entre os quais: *La barrière de clichy*, drama militar em cinco atos e 15 quadros (1851).

queixou em 1813 de que a pantomima em três atos *Arsène ou le génie maure* apresentada no Cirque Olympique era acompanhada de uma "música nova não gravada", o prefeito respondeu que "de tempo imemorial, a pantomima somente consistia numa sequência de peças de música mais conhecidas, emprestadas das óperas líricas ou cômicas e aplicadas a gestos a fim de lhes dar sentido e torná-los inteligíveis; apenas sem esse recurso a pantomima não existiria, e não há exemplo de que se pôde estabelecer apenas uma sobre uma música composta expressamente para ela".[3] Com essas palavras, o representante do Estado ilustrava o fato de que sempre houve no circo uma música baseada em árias conhecidas.

Outro elemento de natureza a misturar as taxonomias rápidas, o melodrama, gênero teatral cuja intriga amorosa não tem outra proposta que as lagrimas e o final feliz, existe no circo sob a forma de um "melodrama histórico e militar". Tal amálgama das noções e dos gêneros demonstra a porosidade das palavras usadas. Ao encorajar a releitura das categorias teatrais, ele prova a circulação dos termos entre as diferentes instituições no século XIX. Não somente o repertório do circo pode ser confundido com o dos outros teatros secundários, mas ele também adapta a especificidade de seus vizinhos a seu universo dominado pelas encenações históricas e militaras, onde as tropas a cavalo têm o papel principal. Porque enquanto há cavalos, a escrita circense pode ultrapassar seus direitos.

Aliás, é frequente ver na cena do circo – pois uma cena toma lugar da pista desde 1789 na Inglaterra e 1807 na França, e isso até 1862 em Paris e até o final do século XIX no Anfiteatro de Astley, em Londres – uma peça já apresentada na cena de outro teatro, ou o contrário. O que transgride de modo ainda mais surpreendente os preconceitos é a presença manifesta da palavra, seja através das canções (na Inglaterra com as *burlettas* e na França com os coros), dos prólogos (discursos que introduzem uma peça e permitem assegurar a compreensão pelo público do que segue) ou na peça em si. Por exemplo, *La paix ou la fête d'un bon roi* é apresentada e publicada em 1814 no gênero "peça dialogada em um ato". No *Le drapeau ou le grenadier français*, de 1827, os censores anotam:

> [...] essa pequena peça é do tipo das que convêm para esse teatro: movimento, um aparelho militar, combates de cavalaria. A ação é simples e anda rapidamente em direção a seu alvo. Os sentimentos expressos pelos diversos personagens são honestos e generosos. O diálogo não sente falta de estatura nem de alegria, e não pode ser interpretado de modo alusivo. [Peça] autorizada.[4]

[3] Arquivos Nacionais (AN), F21, 1142, 30 de janeiro de 1813.

[4] AN, F21.995, 14 de março de 1827.

Formas de escrita

Há, pois, uma escrita e uma palavra no circo, pelo menos enquanto perdurar a cena. Resta que temos de dar conta das escritas que não deixaram nenhum vestígio. Pensamos, é claro, nas entradas de *clowns* que, sem serem publicadas ou editadas, não eram somente improvisadas porque eram reprisadas, copiadas, imitadas ou repetidas, constituindo assim textos específicos. O ritmo, o vocabulário, os símbolos ou os ritornelos fazem delas uma língua e uma escrita particular, como prova o excelente censo estabelecido por Tristan Rémy (1962) em sua obra *Entrées clownesques*. Mas existem também formas de escrita mais evanescentes. Há, claro, a música, onipresente durante os espetáculos desde as primeiras imagens que representam Astley seguido de um tambor e um pífaro. Os libretos que foram – ou ainda são – conservados são infelizmente muito raros. Nesse domínio, muitas informações seriam igualmente úteis para melhor entender as origens e as influências dos gêneros musicais que fizeram emergir uma música de circo específica, ainda com uma dinâmica e acordos reconhecíveis entre todos. Hoje essa escrita musical usa de vieses de diversas naturezas que, no entanto, não diminuem a realidade de um repertório sobre o qual as músicas originais de alguns espetáculos atestam particularmente. É verdade que hoje a música não é sempre escrita sobre papel. E alguns arguirão que as gravações doravante são conservadas. Mas como apreender a história da música de circo e seu papel na escrita do espetáculo ou na realização das proezas? Ninguém contestará a revolução musical introduzida, pelo Cirque du Soleil durante os anos 1980. Mas quais são as testemunhas, onde estão as analises que restabelecem o elo entre a escrita musical e a *performance* física dos artistas? Sobre quais materiais fundar a avaliação sem passar do descritivo ao prescritivo?

Enquanto uma pesquisa séria que faça o censo dos elementos que puderam constituir os programas do circo não é realizada, continuará difícil datar as tendências e as influências que suscitaram criações e inovações na produção circense. O circo sofre por ser regularmente apreendido segundo os termos utilizados para comentar, estudar e criticar o teatro. Se era bem teatro equestre antes de ser circo, se foi sempre ligado ao setor de teatros até o Ministério da Agricultura assumi-lo depois da Segunda Guerra Mundial, não deixa de ser verdadeiro que o circo tenha seus códigos próprios. No entanto, os observadores não se interessaram muito na variedade dos constituintes que estruturam um programa de circo.[5] Muitos concordam em criticar o estatuto de "arte menor" do circo, mas poucos encontram meios

[5] Somente Tristan Rémy tentou realizar uma lista dos fundamentos do circo e classificar as diferentes disciplinas e subdisciplinas em termos usuais e úteis. Ver RÉMY, 1961.

de falar dele como uma arte inteira. Isso pode ser ligado a uma cultura da escrita que durante muito tempo considerou que na ausência de restos escriturais uma sociedade não tem passado e que um espetáculo é desprovido da respeitabilidade própria ao teatro. No entanto, ao estudar as escritas próprias do circo, restitui-se o contexto no qual as proezas adquirem sua expressividade. Essa abordagem permite desmontar os códigos engessados que as classificações jurídicas estabelecidas pelos poderes públicos do século XIX nos legaram para revelar uma realidade muito mais complexa. Quase por convenção, o que é anterior a 1860 é analisado segundo os critérios que determinam o teatro da segunda metade do século e tende a apreender os espetáculos em termos de classe. Esse tipo de categoria abafa as tentativas de pensar a diversidade dos constituintes do circo que emanam culturas tanto de elite como de populares. Um outro erro é hoje espalhado: o circo tradicional tal como evocado é de fato o circo dos anos 1930-1940 e ainda mais frequentemente o circo dos anos 1950-1970. Ora, esse circo se construiu também como reação ou por imitação perante seus precedentes, cuja filiação não é menos mistificada que a de seus atuais denegridores.

O circo teve necessidade das proezas físicas para legitimar sua escrita teatral e assim, tornar-se teatro entre os teatros; o teatro ao contrário recorreu à proeza e ao imaginário circense para estimular as escritas dramáticas – isso desde que o circo existe. No entanto, há uma escrita do circo, ou melhor, escritas. Essas não se descrevem segundo os critérios aplicados às outras formas de espetáculo vivo, nem se fundam sobre os documentos usualmente abordados. Assim, a linguagem da alegoria e da metáfora constitui dados indizíveis dos quais nos resta redescobrir o sentido desprezando os julgamentos críticos, mas fazendo prova de um olhar compreensivo e culto.

Na abertura do século XX, a abordagem feita por Jean Cocteau em Parade (1917) e em *Le boeuf sur le toit* (1920) constituía uma brilhante demonstração da utilização dos códigos, dos ritmos, da variedade e das linguagens que dão sentido ao circo. Em encenações mudas nas quais a música, os figurinos, a coreografia e o jogo dos atores tomam todo seu peso, as dimensões tácitas e simbólicas eram compreensíveis por todos, sem palavras, sem escrita e mesmo sem proeza. Ou melhor, através da proeza de um homem de letras.

Referências

REMY, Tristan. *Entrées clownesques.* Paris: L´Arche, 1962.

REMY, Tristan. *Petite histoire Du cirque, acrobaties spectaculaires et spectacles de curiosités (essai de classification décimale).* Paris: Cahier Tristan Rémy, 1961.

BARBEY D'AUREVILLY E A CRÍTICA DE CIRCO

Sophie Basch

Tradução: Augustin de Tugny

A aparição da crítica de circo na França se fez durante o período romântico, e Théophile Gautier foi incontestavelmente quem a criou. Desde os anos 1830, Gautier se extasia regularmente com as proezas dos acrobatas e dos *clowns*, opondo a originalidade de suas proezas com o gênio artístico em geral, acusado, ao final dessa confrontação de resultar num simples exercício de imitação. Onde o artista de circo define sua própria criação ao mesmo tempo que sua existência, o pintor, o escultor, o poeta se recoloca em jogo no quadro de uma prática compreensível e concebível, então acessível mesmo se permanece inimitável para o resto dos mortais comuns. Desconcertante, inexplicável, enigmático, a arte do circo seduz Gautier, um dos homens mais eruditos de seu século, precisamente porque escapa a todos os teoremas e não se deixa reduzir pela interpretação.

Cair ou não cair

Esse elogio paradoxal dos saltimbancos pelo mais letrado dos escritores responde também, claro, a uma concepção irônica da criação literária, que se encontre em Champfleury, Banville e Baudelaire, igualmente seduzidos pela imagem hiperbólica do artista em bobo assim como a analisou Jean Starobinski (1983). Como Edmond de Goncourt meio século mais tarde, Gautier reconhece no mundo do circo "uma elite poética paradoxal, alguma coisa como uma aristocracia de baixo"[1] que lhe fornece a ocasião de denigrar as platitudes contemporâneas e particularmente o teatro. Sua crítica de circo que responde a seu fascínio pela pantomima vai então se construir em parte contra a logorreia teatral. Uma das maiores qualidades do circo é que ele é quase mudo:

[1] A fórmula é de NOIRAY, 2000, p. 97.

> [...] A grande vantagem do Cirque Olympique é que o diálogo aqui é composto por dois monossílabos, do *hop* de Mademoiselle Lucie e do *la* de Auriol. Isso não valeria mais que as furibundas *pratadas* dos heróis de melodrama, as obscenidades do *vaudeville*, as frases sofisticadas do Français, todas as banalidades em estilo e sem espírito que são frequentemente deblateradas nos outros teatros? (Gautier, 1858, p. 11)

Essa crítica data de julho de 1837. Vinte dois anos mais tarde, em 21 de novembro de 1859, os irmãos Goncourt (1889, p. 491) ecoaram as reflexões de Gautier colocando em seu jornal as seguintes considerações:

> Vamos somente a um teatro. Todos os outros nos aborrecem e nos irritam. Há certo riso do público para o que é vulgar, baixo e besta, que nos repugna. O teatro aonde vamos é o circo. Lá, vemos saltadores e saltadoras, *clowns* e puladoras em círculos de papel que fazem seu ofício e dever: os únicos talentos do mundo que sejam incontestáveis, absolutos como matemáticas, ou melhor, como um salto mortal. Não há aqui atores ou atrizes fazendo de conta ter talento: ou caem ou não caem. O talento deles é um fato. Vemo-los, esses homens e essas mulheres, arriscando seus ossos no ar para ganhar alguns bravos, com um movimento de entranhas, com um não sei quê de ferozmente curioso, e ao mesmo tempo, de simpaticamente apiedado, como se essas pessoas fossem de nossa raça e que todos, cabeças, historiadores, filósofos, bonecos e poetas, saltássemos heroicamente para esse imbecil de público.

Duas décadas antes da redação dos *Fréres Zemganno*, obra enlutada do único Edmond - de fato muito reticencioso perante a procura do "*Documento humano* nas esferas inferiores" e que confessará a Flaubert o quanto lhe pesava a parte técnica de um romance que o obrigava a ver *clowns* e saltimbancos, o que para ele faltava de "felicidade"[2] –, os Goncourt demonstravam um interesse, mais polêmico que intrínseco, para o universo do circo.

Os palhaços reivindicavam como os poetas o direito a dominar a multidão, e a afirmação da superioridade do circo sobre o teatro vai se tornar o passe, algum pouco provocador, de um clube elitista, inquieto em se confrontar com o autêntico, para quem o instantâneo e o fragmento se tornam a eternidade. Esse clube recusa-se a se reconhecer no drama romântico, no *vaudeville*, no drama burguês e menos ainda no drama realista. Assim Barbey d'Aurevilly, um dos mais ferozes oponentes aos naturalistas, orgulhosamente drapejado em seu anacronismo, replicava a Zola (1970, p. 476-482) que o tenha acusado em 1880 no jornal Le Figaro de ter passado "trinta anos galopando nesse circo da crítica de hipódromo" sem que suas cabriolas e suas proezas de velho cavaleiro o tirassem do nada:

[2] Carta de Edmond de Goncourt a Flaubert datada de 31 de janeiro de 1879, in *Gustave Flaubert - les Goncourt*, correspondência estabelecida por Jean-Pierre Dufief, Flammarion, Paris, 1998, p. 265.

> Bunda de chumbo que tem boas razões para odiar a flexibilidade, ele me acusa de ser uma espécie de palhaço em literatura e não sabe o quanto me agrada, comparando-me a um *clown*!
>
> Os *clowns*, ele não sabe o quanto os amo, eu, o *habitué* dos sábados do Circo, e que acha o Circo muito mais espiritual que o Théâtre-Français. Ele não sabe quanto os admiro, esses rapazes que *escrevem* com seus corpos coisas charmosas de feitura, de expressão, de precisão e de graça que o senhor Zola com seu espírito grosso não escreveria nunca! (Barbey D'Aurevilly, 1981, p. 206)

Circo maiúscula

Na primavera seguinte, em 1881, Barbey dedica uma longa crônica a esse Circo, que nunca ele escreve sem a maiúscula que ele despoja sistematicamente dos "outros teatros", assimilados num desprezo coletivo. Ele reencontra todos os argumentos de Gautier e dos Goncourt a favor desse espetáculo indiscutível, indiferente ao comentário, admirável porque incompreensível, sem narrativa e sem engano.

> Quero falar dele. É bem a hora, já que a grande crítica dramática – essa que, pelo menos, se acha grande! – silencia o teatro, nessa estação que cobre de licenças e de folgas sua nulidade atualmente tão profunda... O Circo por sua parte continua em permanência. [...] O Circo não é somente um teatro popular, o mais popular dos espetáculos. Ele é também o mais aristocrático e o mais heroico. É o teatro dos pintores, dos escultores e dos poetas que amam a beleza e que querem realizá-la em suas obras. Théophile Gautier o adorava. É o teatro da beleza e da força plásticas e visíveis, que nunca são discutidas, pois a beleza intelectual e moral são discutidas, miseravelmente contestadas, mas a beleza física não se discute. Ela se impõe! O Circo, mais estético que dramático, tem seu tipo de patético e de emoção como tem seu tipo de beleza. [...]
>
> O Circo é o único teatro onde a perfeição é obrigatória. Alhures, nos outros teatros, pode se passar dela, e Deus sabe o quanto se passa dela! Ninguém morre por isso. Em todos os outros teatros, só há de se temer os assobios da desaprovação impaciente ou o atroz bocejo do tédio. Mas no Circo, onde a arte tem a dignidade do perigo, se o ator ou a atriz , cuja pessoa é o papel todo e mesmo a peça inteira, não são seguros de si – se eles fazem um falso movimento, se eles se distraem, durante um instante de esquecimento, uma fadiga momentânea –, eles arriscam a se quebrarem!... O corpo, que como o espírito tem suas falhas, as paga aqui de modo terrível... No Circo, a mediocridade é de súbito ameaçada a romper seu pescoço – que deliciosa perspectiva! –, enquanto nos outros teatros ela se espreguiça, vocês sabem com que ar! Ela se porta muito bem e não risca absolutamente nada. (1896, p. 23-25)

A essa verdadeira profissão de fé sucede uma crônica sobre o hipódromo que permite a Barbey, sensível como Gautier às proporções neoclássicas, reafirmar sua paixão pelo circo enquanto espetáculo em escala humana oposto ao gigantismo de um teatro eqüestre, cuja potência massiva se equipara com a vulgaridade contemporânea que ele abomina.

> No Hipódromo é a massa - infelizmente essa massa que está oprimindo tudo no mundo moderno: as artes, a literatura, os governos -, é a massa que fala para a massa, que mexe na massa, enquanto no Circo é a individualidade que se destaca e que fala a individualidade igual a ela, é a beleza da pessoa, é o talento especial e caracterizado do artista, cavaleiro, dançarino ou saltador que fala e agrada aos refinados, aos difíceis, aos conhecedores. (Barbey D'Aurevilly, 1896, p. 35-37)

No entanto, a declaração de amor mais vibrante ao circo do autor das *Diaboliques* não se encontra nem na sua correspondência nem nas suas crônicas de crítica teatral. Há de procurá-la numa das coletâneas de novelas orquestradas por Catulle Mendes sob o nome de *Nouveau Décaméron*. Barbey se aproveitou de uma dessas "jornadas" para se entregar a um último panegírico, dessa vez sob a forma de uma necrologia.

> Faz uns oito dias, jantávamos [...] no restaurante Besse, nos Champs-Élysées, na calçada do lado esquerdo, aos sons vizinhos da música do Circo, picados, no compasso, pelo estalo rítmico dos chicotes, que fazem essa música tanto equestre quanto selvagem... Quantas vezes ouvi-la, sonhando que era *clown* ou cavaleiro! Pois nessa noite, mais que nunca, esses estalos de chicotes sonoros e poderosamente invocadores ressuscitavam para nós as virtuosas adoradas e que se foram - porque se foram, e o Circo, esse ano, perdeu sua coroa! Três dessas que passaram mais perto de nosso coração quando estavam aqui voltavam do fundo de nossas lembranças, galopando, em nossas conversações. Eram, se é necessário nomeá-las, a grande Oceana, bela como seu pai, o Oceano, e que se foi pelo lado das auroras boreais para aumentá-las de sua presença, e a O'Bryen, essa poesia de Lorde Byron numa estátua de Coysevox, a estranha e misteriosa dançarina com os tornozelos alados e a boca amarga, de quem ninguém nunca pôde gabar-se de ter visto - uma única vez - o sorriso, enfim e sobretudo a pobre e charmosa Émilie Loisset, a Castidade a cavalo, e que seu cavalo matou e da qual justamente, durante a representação da véspera, eu tinha visto o espectro encher, ele sozinho, o Circo por inteiro e apagar a meu olhar a multidão dos vivos que vieram lá, aonde nunca mais ela voltaria. (1886, p. 24-25)

Claro, a glorificação do circo podia somente tomar, para um *laudator temporis acti* como Barbey a forma suprema de um martirológio. Último conservatório das virtudes aristocráticas, o circo do "Connétable des Lettres"[3] se fecha com um túmulo sobre os corpos de uma *fildefériste*[4] e de duas acrobatas equestres. Apoteose irônica talvez, mas singularmente livre do desprezo inerente às enquetes naturalistas sobre os fundos da sociedade.

[3] Título nobiliário de fantasia atribuído a Barbey d'Aurevilly pelos seus admiradores. (N.T.).

[4] Equilibrista que evolui sobre uma corda de metal. (N.T.).

Referências

BARBEY D'AUREVILLY, Jules. Deux anecdotes d'après-souper. In: *Le Nouveau Décaméron. Sixiéme journée. Les plus tristes*. Paris: Dentu, 1886.

BARBEY D'AUREVILLY, Jules. Le Cirque (20 jun. 1881). In: *Le théâtre contemporain. Dernière série. 1881-1883*. Paris: Stock, 1896.

BARBEY D'AUREVILLY, Jules. L'hippodrome (27 jun. 1881). In: *Le théâtre contemporain. Dernière série. 1881-1883*. Paris: Stock, 1896.

BARBEY D'AUREVILLY, Jules. Lettre à monsieur de Gastyne, administrateur du *Triboulet*. In: *Dernières polémiques*. Paris: Savine, 1891.

GAUTIER, Théophile. Le *hop* de Mademoiselle Lucie et le *la* d'Auriol. In: *Histoire de l'art dramatique en France depuis vingt-cinq ans*, v. I. Paris: Hetzel, 1858.

GONCOURT, Edmond de et Jules. *Journal. Mémoires de la vie littéraire*, v. I. Paris: Laffont, 1889.

NOIRAY, Jacques. Tristesse de l'acrobate. Création artistique et fraternité. In: Les Frères Zemganno. *Revue des scienses humaines*, n. 259, jul./set. 2000.

STAROBINSKI, Jean. *Portrait de l'artiste en saltimbanque*. Genève: Skira, 1983.

ZOLA, Émile. Un bourgeois. In: *Oeuvres complètes*, XIV. *Chroniques et polémiques* II. Paris: Cercle du livre précieux, 1970.

A BUSCA PELO INTÉRPRETE COMPLETO

Béatrice Picon-Vallin
Tradução: Ana Alvarenga

Mas não creia que o espírito não tem sua parte neste espetáculo
que parece feito só para os olhos.
J. Barbey D'Aurevilly

A história e a teoria do circo, mais que as de qualquer outra arte, devem ser internacionais e pluridisciplinares. Assim, os processos que atingiram o circo russo desde o início do século XX, quando ele foi o maior, são ao mesmo tempo específicos e comuns: revolução, reorganização sob o controle do Estado, teatralização, politização. Antes de outros circos europeus, ele viveu um período de teatralização que suscitou numerosas controversas no início dos anos 1920. Essa história complexa, na qual estão engajados juntos artistas de circo e de teatro, está relatada no último livro[1] de Maximilian Nemtchinski, titular da cadeira de circo na Academia Russa das Artes do Teatro de Moscou (RATI). O simples fato de sua aparição, atrasada mais de dez anos pela quebra da URSS e do Soiouzgoscirk, atesta uma reconstrução do gênero e um novo ganho de interesse pelo conceito muito rapidamente negativizado de "circo soviético".

Lugar ao corpo

O livro começa com um trecho de "Vive le jongleur!",[2] belo artigo do diretor de teatro Vsevolod Meyerhold que escreve aqui, em 1917, sobre um

[1] *Cirk Rossii, naperegonki so vremenem (Le Cirque russe à la poursuite du temps)*, Moscou: Gitis, 2001, que representa uma tipologia dos espetáculos do circo russo e soviético dos anos 1920 aos anos 1990.

[2] Lançado em agosto de 1917, no *Eho cirka*, n. 3, p. 3, jamais reeditado desde então e que os franceses puderam ler antes dos russos em 1983, traduzido em *Du cirque au théâtre*, Lausane: L'age d'hommes, 1983 (retomado em *Arts de la piste*, 2000, n. 15).

fundo de grandes estremecimentos políticos: "Com quem aprender esta arte: criar e viver na audácia? No Circo, senhores circenses". Não podemos aproximar o texto meyerholdiano, elogio da coragem, do risco corrido e controlado, da precisão, da fantasia, da energia criadora, do tom tomado por Jules Amédée Barbey d'Aurevilly 40 anos mais cedo, em uma coleção sobre o teatro, para avaliar as artes da pista. Encontramos aqui as mesmas constatações: na "grande literatura dramática [...] que cobre recessos e interrupções, sua nulidade atualmente tão profunda", ele opõe os números do circo – "teatro popular, o mais popular dos espetáculos", mas também "o mais aristocrático e o mais heroico". Barbey (1896, p. 24-25) afirma:

> O Circo é o único teatro onde a perfeição é obrigatória. Alhures, nos outros teatros, pode se passar dela, e Deus sabe o quanto se passa dela! Ninguém morre por isso. Em todos os outros teatros, só há de se temer as vaias da desaprovação impaciente ou o atroz bocejo do tédio. Mas no Circo, onde a arte tem a dignidade do perigo, se o ator ou a atriz , cuja pessoa é o papel todo e mesmo a peça inteira, não são seguros de si – se eles fazem um falso movimento, se eles se distraem, durante um instante de esquecimento, uma fadiga momentânea –, eles arriscam a se quebrarem!... O corpo, que como o espírito tem suas falhas, as paga aqui de modo terrível... No Circo, a mediocridade é de súbito ameaçada a romper seu pescoço – que deliciosa perspectiva! –, enquanto nos outros teatros ela se espreguiça, vocês sabem com que ar! Ela se porta muito bem e não risca absolutamente nada.

Iouri Annenkov, pintor e diretor russo dos anos 1920 que emigrará depois à França, comparando o circo a um "feliz sanatório", sublinha em novembro de 1919: "A arte do ator dramático é frequentemente da ordem do diletantismo inspirado. A arte do artista de circo é sempre um domínio perfeito" (1983, p. 237). E de remeter à apologia da audácia feita por Meyerhold, dois anos antes. Barbey opunha à arte ao mesmo tempo popular, aristocrática e heroica que é o circo o "teatro literário" de seu tempo. Meyerhold, Annenkov e outros passam à ação e procuram "circalizar" o teatro para reinsuflar no palco a força da emoção durante os espetáculos e o sentido do risco na trupe. Retomemos ainda o que escreve Barbey: se as vaias lhe parecem um fraco risco a correr para os atores de teatro de sua época, é um risco inexistente hoje, exceto na ópera. Um diretor bem conhecido que aproveitava de um tempo de descanso para ir ao teatro todas as noites me dizia recentemente que seria necessário que o público reaprendesse a vaiar: que pelo menos ainda exista esse risco, para aqueles que se aventuram no palco sem bagagem suficiente...

As constatações e afirmações de um Barbey ou de um Meyerhold se unem àquelas de Romain Rolland que, em *Le théâtre du peuple. Essai d'esthétique d'un théâtre nouveau* (s.d., p. 150), depois de uma vigorosa reavaliação do circo geralmente desprezado, concluiu: "Deixemos ao corpo seu lugar em nossa arte, e um amplo lugar. Nosso teatro deve ser uma arte de homens e não de escritores." De um lado, então, um teatro de texto frequentemente impreciso e diletante; do outro, um teatro do corpo, com a beleza, a força e o rigor. Tanto um como o outro de fato apontam a situação do teatro ocidental que, no início fundado em uma comunicação não era necessariamente verbal e ainda menos especializada – pois o ator sabia cantar, dançar, ler textos dos quais ele poderia ser o autor e tinha o domínio das disciplinas acrobáticas –, atinge no fim do século XIX e no início do XX seu ponto máximo de *diferenciação* (Meyerhold, 2001, p. 149).

Em *L'Amour des trois oranges*, a revista publicada por Meyerhold em São Petesburgo e que é uma espécie de equivalente russo daquela de Craig, *The Mask*, vários artistas tratam do circo e de seu estado na Rússia no início do século passado. K. Miklachevski, especialista na commedia dell'arte, lá mostra como certos atores italianos souberam conservar capacidades acrobáticas até o século XVIII: Menichelli, que podia fazer todas as espécies de truques sobre um arame; Fiorilli, que até uma idade avançada continuará a ser reputado por seus números acrobáticos de bofetada no parceiro; Biancolelli, que "fazia quase todos os saltos, saltos mortais, truques de destreza, de força e de escada de mão que fazem os saltimbancos".[3]

Obra total, artista polivalente

No século XX, os grandes reformadores da primeira geração procuraram, em uma estética que não é a da "quarta parede", reunir as duas culturas dissociadas: o teatro da interpretação de textos e o teatro da representação, cujo texto é apenas um elemento. Alguns chegaram até, como Craig, a contestar o lugar do texto que preexiste no trabalho teatral. E o sonho do *Gesamtkunstwerk*, "obra total", ou melhor, "obra de arte comum", que se desenvolve com Wagner, não abarcou apenas a música, a poesia, a dança, como na proposta wagneriana, mas todas as grandes e pequenas artes que, oriundas desse processo de diferenciação, puderam desenvolver sua especificidade, sua *identidade*. Esses reformadores também colocaram o *movimento* na base da arte do ator. "Mesmo se tirarmos a palavra, o figurino, a ribalta, as coxias, o edifício teatral, enfim, enquanto ficarem o ator e seus movimentos cheios de domínio, o teatro permanecerá teatro" (2001, p. 238), escreve Meyerhold em 1914.

[3] K. Miklacheviski leu as traduções dos roteiros de Biancolelli por Gueulette. Ele remete aos manuscritos conservados na biblioteca da Ópera de Paris. Cf. "Sur les éléments acrobatiques dans la technique des comiques dell'arte", in *Ljubov'k trëm apel'sinam*, São Petesburgo, 1915, n. 1, 2 e 3, p. 77.

O circo tal como ele então existe (Médrano na França, Ciniselli,[4] Nikitinski, Salomonski para a Rússia) teve um grande papel em sua reflexão, seja no plano do lugar, da relação com o público, da estrutura do espetáculo (montagem das atrações), da temática, das modalidades da ação sobre o espectador ou sobre o da formação. Artistas de circo, dos quais sublinhamos à vontade a polivalência – cada um possuindo competências múltiplas –, são convidados nos estúdios, nos teatros a ensinar aos comediantes a arte de cair, de saltar, de fazer malabarismo e lhes ensinar as técnicas do *clown*. Eles são até mesmo convidados ao palco do jovem teatro soviético: assim o célebre Vitali Lazarenko, para representar um diabo no *Mystère-Bouffe*, de Maiakovski. Ou Piotr Koval-Sambovski, que interpreta o apaixonado de *La forêt*, de Ostrovski, outra encenação de Meyerhold, cujo lirismo só se expressa por voos muito altos no céu do teatro sobre "passos de gigante". O sonho do artista em saltimbanco, do qual falou tão bem Jean Starobinski, torna-se a realidade de um "ator-malabarista". Tal é a fórmula meyerholdiana de um ator que voltou a ser acrobata tanto no nível de sua formação quanto no de sua criação.

É observando as figuras dos malabaristas, e em particular Enrico Rastelli, que Meyerhold compreende a importância no trabalho cênico dos deslocamentos do centro da gravidade: o malabarista trabalha com todo o seu corpo, e não somente com suas mãos. O jogo do ator, como o do malabarista, se traduzirá no plano cinético em termos de equilíbrio constantemente colocado em perigo, perdido e reencontrado. Não se trata somente da proeza, do desempenho, mas do processo técnico que permite sua realização. Importa conhecer as leis do movimento para, a qualquer momento, poder desmanchá-lo e jogar com a surpresa, a mudança de ritmo, como o fazem os excêntricos. Sobre os dispositivos do construtivismo cênico, que são considerados como "aparelhos de jogo", o ator corre riscos calculados (mas não nulos), pois seu treinamento biomecânico lhe permite isto, e ele pode até mesmo deixar o palco voando sobre um trapézio, como em *La mort de Tarelkine*, em 1923.

A história dessa utopia de "reunificação" anima todo o século XX na Europa, para chegar hoje a uma grande porosidade das fronteiras. Ela progrediu por golpes, encontrando zonas de resistência como a França, onde o modelo dominante continua sendo o de um teatro de texto. Isso poderia explicar em parte porque é nesse país que as formas vigorosas do "novo circo" desenvolveram-se mais que naqueles onde a cena teatral aceitava mais facilmente a

[4] Artista italiano estabelecido na Rússia, conhecido localmente como Chinizelli. Ver Raffaele de Ritis: "Aux origines de la mise en piste".

invenção corporal. Mas essa história conheceu também longos períodos de estagnação ou de regressão durante os regimes totalitários, quando a exploração do corpo ginástico, magnificado sobre a pista, tinha tendência a fazer desaparecer o corpo de circo, cuja perfeição é ao mesmo tempo esportiva e *subversiva*. Testemunho disso é a história do russo Viatcheslav Polounine, que, em junho de 2001, organizou em Moscou um gigantesco programa de teatro de rua durante as Olimpíadas de Teatro. Por volta do fim dos anos 1960, ele começou um longo percurso obstinado, no limite da dissidência e em busca de todas as tradições corporais então reprovadas (de Meyerhold à Grotowski, das entradas dos *clowns* a Pina Bausch), antes de fundar em 1979 o grupo dos "*Litsedei*", que reunia *clowns* sobre os quais se podia dizer que já pertenciam ao gênero "novo circo", mas que se classifica sempre na Rússia na categoria "variedades" (Picon-Vallin, 1996, p. 323-329). Nesse movimento de reunificação das artes e das técnicas dos artistas, o modelo do *teatro oriental*, no qual o ator é acrobata e também dançarino, no qual ele só pode atingir a liberdade de criação através da submissão a restrições fortes e consentidas, exerceu um papel capital.

Aprender a ousar

"É preciso que os severos defensores das motivações psicológicas no teatro compreendam que no salto de um artista de variedades, há *tanta arte* quanto em qualquer monólogo de um ator de tragédia ou de comédia nobre", escreve em 1920 Vladimir Soloviev,[5] um dos colaboradores de Meyerhold. Daremos dois exemplos tirados de espetáculos recentes. Em *Les possédés* (segundo Camus e Dostoievski), montado por Frank Castorf na Volksbühne de Berlim, encontramos uma cena em que Verkhovenski pai constrói todo seu diálogo com seu filho sobre a manipulação de uma longa cadeira trucada. O ator tem certa idade, mas uma grande virtuosidade, e a força, a precisão de seu jogo físico traçam, sem tratamento psicológico, um retrato extremamente convincente do personagem. O sucesso do *Marat-Sade*, de Peter Weiss, montado por I. Lioubimov e apresentado no Festival de Avignon de 2000, explica-se pela presença de uma trupe que opera em todos os gêneros – notadamente a intérprete de Charlotte Corday, que é tanto atriz como violinista, acrobata e funâmbula, ao ponto de assumir em cena passagens realmente perigosas.[6]

O desequilíbrio não caracteriza somente o trabalho do artista de circo: ele é o fato mesmo do "movimento cênico". Ele não é somente aferente a seu

....

[5] In: *Zizn'iskussta*, 12 de novembro de 1920.

[6] Ele foi uma vez vítima de um grave acidente durante um espetáculo.

modo de vida e à sua situação social: hoje várias companhias de teatro decidiram "surgir" para escapar da *estabilidade* (dizia-se na Itália *teatro stabile* para designar a rigorosa institucionalização dos teatros, o que em seu tempo fora uma imensa conquista). O ator de teatro, na França, está em desequilíbrio em uma sociedade em mutação. Recentemente, Jacques Bonnafé dizia: "Eu me pergunto às vezes o que nós ainda fazemos sobre um palco de teatro" (Letanneur, 2001, p. 2). Esse desequilíbrio deixa, de maneira fecunda, o comediante dividido entre o teatro e as outras artes: ele questiona o lugar cênico, as competências do ator e cava a contradição entre aqueles que ainda são partidários de uma ausência de formação do ator - como se o teatro fosse a única arte na qual tudo seria dado e nada se aprenderia - e aqueles que querem que cesse o reino da autoproclamação. Entretanto, as instituições de pedagogia teatral na França estão agora abertas às disciplinas corporais.

Assim, no Conservatoire National Supérieur d'Art Dramatique, o curso de Alexandre Del Perugia intitula-se "acrobacia". Essas disciplinas de circo (malabarismo, acrobacia), ele as ensina sem objetivo performativo, mas em uma perspectiva lúdica segundo a qual se conjugam a alegria de jogar e o risco corrido. Ele ajuda o ator a tomar consciência dos mecanismos de base do movimento quando da execução de um salto e de um flip flap, ele lhe ensina a ousar decolar, a viver em um espaço de três dimensões, a experimentar "a viagem aérea" (andar sobre as paredes), e isso não para visar o domínio de uma figura acrobática, mas para adquirir uma maior disponibilidade sobre o espaço terreno, para "abrir" a criatividade corporal. Se retomamos as etapas da aprendizagem circense propostas por Philippe Goudard,[7] Alexandre Del Perugia guiaria o percurso até o meio da segunda fase (aprendizagem do desequilíbrio, controle do equilíbrio). Em seu centro de Pontempeyrat, ele quer fundar não uma escola de circo, mas um lugar de trocas, de cruzamentos entre diferentes práticas das quais ele também é originário (esporte, teatro, circo) e sem dúvida entre as duas culturas, Oriental e Ocidental, que são as suas. Talvez seja aqui, hoje, uma mudança em relação ao que sonhava Meyerhold em 1919: uma formação comum no início para o circo e para o teatro, com uma especialização ulterior em cada uma das áreas, sem que seja jamais uma questão de arte maior ou arte menor...

Referências

ANNENKOV, I. Le joyeux sanatorium. Traduzido por C. Hamon. In: AMIARD-CHEVREL, Claudine. *Du cirque au théâtre*. Lausanne: Éd. L'Age de d'homme, 1983.

[7] In: "Esthétique du risque".

BARBEY D'AUREVILLY, Jules. Le cirque. In: *Théâtre contemporain, 1881-1883.* Paris: Stock, 1896.

LETANNEUR, H. Bonnafé en échappée. In: *Aden/ Le Monde*, 30 maio/5 jun. 2001.

MEYERHOLD, V. Classe de Meyerhold. Techniques du mouvement scénique. In: *Ljubov'k trëm apel'sinam*, 1914, nos. 4-5, p. 94. Traduzido em: *Ecrits sur le théâtre*, t. I. Lausane: L'age d'homme, 2001.

MEYERHOLD, V. *Ecrits sur le théâtre*, t. I. Lausane: L'Age d'homme, 2001.

PICON-VALLIN, B. Amère revanche des corps à l'est. 1970-1985. In: *Le corps en jeu*, sous la direction d'O. Paris: Aslan, CNRS ed., 1996. p. 323-329.

ROLLAND, Romain. *Le théâtre du peuple* (1903). Paris: Albin Michel, s.d.

ÀS ORIGENS DA *MISE EN PISTE* (1935-1975)

Raffaele De Ritis
Tradução: Ana Alvarenga

Própria do circo, a noção de *mise en piste* foi muito estudada através das diferentes fases de sua afirmação, das primeiras estruturas fixas d'Astley e Franconi aos intercâmbios ao longo dos anos 1920 entre o universo dos saltimbancos e os intelectuais e artistas das vanguardas. Outro fenômeno é bem conhecido: o desenvolvimento simultâneo, a partir de 1975 aproximadamente, das escolas de circo, bem como de espetáculos experimentais pelo mundo.

Resta, entretanto, uma zona de sombra que atravessa a parte central do século, durante a qual inúmeras tentativas mesclam de maneira significativa circo tradicional e formas experimentais, sem jamais chegar a modelos acabados, pelo menos até o final dos anos 1970. Essas experiências não deixaram de produzir diversos tipos de fermentos, de exemplos e de pontos de apoio que estão na origem do circo contemporâneo.

O elemento motor dessa maturação foi, talvez, a cultura do circo soviético, que, no entanto, só entrou tardiamente em relação física com o mundo das pistas ocidentais. No século XIX, a tradição dos circos estáveis (fixos), com sua maquinaria e sua operação características, conhece em São Petersburgo suas mais belas realizações. Pioneiros como Ciniselli e Truzzi deixarão como legado ao circo soviético a arte e a técnica da pantomima e da *mise en piste*, com suas formas dramatúrgicas experimentadas.

Empréstimos ao circo, aportes à pista

A partir de 1919, assim que o circo russo é estatizado, a longa glaciação da era soviética oferecerá paradoxalmente a esse patrimônio sua única possibilidade – ao mundo – de ser conservado, mas também atualizado.

Essa herança do circo clássico vai cutucar os intelectuais russos, sobre os quais conhecemos desde então todo seu interesse por essa linguagem em seu trabalho de refundação do aparelho estético do cinema e do teatro. No Ocidente, o mundo do teatro dá prova, na mesma época, de igual atenção ao circo. Muitos lhe tomam emprestada uma estética (Marinetti), uma dramaturgia (Eisenstein), técnicas (Meyerhold), artistas (Cocteau, Maïakovski), espaços (Reinhardt), temas (Cocteau novamente em *Parade*, com Satie, Massine, Picasso). Mas a URSS é então o único país em que essas tentativas trazem deliberadamente materiais artísticos de importância ao circo, considerado em sua especificidade (Hammastrom, 1983). Nesse sentido, a primeira etapa da *mise en piste* moderna é provavelmente *Moscou brûle-t-il?*, escrita por Maïakovski em 1930 e representada pouco depois de sua morte. Tratava-se de uma verdadeira peça de circo que explorava as potencialidades espaciais do gênero e as disciplinas herdadas da tradição dos pioneiros, mas com contribuições artísticas modernas (como as projeções sobre vários telões) e, sobretudo, uma abordagem de temas contemporâneos. O mecanismo conflituoso, que, em Astley ou Franconi, desenvolvia-se sob a forma de grandes batalhas, estava aqui ilustrado através da espetacularização dos conflitos sociais e da exaltação ao modernismo.

Essas experiências se seguirão de maneira regular na URSS, onde o poder nunca colocará em questão a legitimidade social e cultural do circo. No Ocidente, ao contrário, assiste-se nos anos 1930 e 1940 ao declínio do circo, sempre muito popular até então, em detrimento do cinema, bem como sua desconsideração no seio das elites oficiais. Uma das principais causas da extinção da *mise en piste* é seguramente a marginalização do cavalo na sociedade industrial. A pantomima explora então soluções efêmeras, como espetáculos aquáticos nas piscinas ou desfiles temáticos cada vez menos equestres no espaço dilatado dos hipódromos. Entretanto, o destino do circo parece selado no meio do século XX: ele parece condenado a se apropriar da moda do *music-hall*, com sua simples sucessão de números. A narrativa e a forma plena, o público as procura a partir de então na grande tela; desde a época do cinema mudo, de fato, a dimensão poética e a retórica da *mise en piste* foram desejadas, depois absorvidas pela potência espetacular do novo meio, de Griffith à Gance (passando, evidentemente, por Eisenstein). Os grandes circos europeus, sobretudo as colossais lonas alemãs, ainda apresentam espetáculos temáticos de maneira esporádica. Entretanto, eles tendem cada vez mais a dissolver o dispositivo espacial dos circos estáveis em variações sobre o modelo do hipódromo e a lona a três pistas, sob a influência marcante das recentes turnês de Barnum & Bailey,[1] bem como de Buffalo Bill.

[1] O Barnum & Bailey empreende em 1901 uma turnê europeia que marca duravelmente o desenvolvimento dos grandes circos.

De resto, o problema de um novo reconhecimento cultural do circo colocava-se igualmente nos Estados Unidos, onde ele só poderia ser resolvido pela importação de estéticas estrangeiras ao gênero tanto quanto ao país. A este respeito, o episódio mais emblemático foi sem dúvida a extraordinária edição 1942, em Nova York, do Ringling Bros. and Barnum & Bailey Circus, que vive a participação de Stravinski, de Balanchine e de outros talentos. A este título, este espetáculo continua sendo uma experiência comparável àquela de *Parade* na história da dança.[2]

Entretempo, o cinema forneceu uma contribuição essencial à formação de uma estética moderna do circo. Da sua parte, o cinema mudo, no mundo inteiro, tinha consagrado muitíssimos filmes ao universo da pista, trazendo a ela um novo imaginário ao mesmo tempo que conferia algo de estereotipado a seu valor popular de ícone. *Le Cirque* (1927), de Chaplin, em particular, terá um profundo impacto na URSS sobre o nascimento da nova *arte soviética dos clowns*: personalidades como Karandash (que debutou em 1936) e Popov (na pista desde 1949), conscientes da conotação social ou poética de sua nova máscara,[3] redefinem completamente o papel do *clown* de reprise cujas entradas fazem conexão entre os números e a dramaturgia subjacente à *mise en piste* de todo um espetáculo de circo. Se podemos falar de estilo, é, entre outras, graças ao ensino: Karandash figura entre os formandos do primeiro ano da primeira escola de circo no mundo, aberta em Moscou, em 1927, onde dramaturgos cada vez mais especializados escreviam roteiros para os *clowns* e partituras para os acrobatas. Essa abordagem sistemática e inédita das artes da pista conduzirá, em 1964, à criação de uma cadeira de *mise en scène* do circo no Instituto de Arte Teatral Lounatcharski de Moscou. Pela primeira vez, pedagogia e prática da *mise en piste* concorrem juntas para criar uma autêntica consciência artística em acrobatas e *clowns*. Essa vai bem mais além da abordagem típica das grandes dinastias europeias, a base de virtuosidade, de transmissão familiar e de sobrevivência artesanal.

De Moscou a São Francisco

Graças a turnês regulares (na Europa a partir de 1956, nos Estados Unidos a partir de 1963), a abertura do circo soviético ao Ocidente impõe modelos e faz nascer necessidades. O primeiro deles implica uma nova concepção da criação

[2] O diretor John Ringling North confia a *mise en scène* a John Murray Anderson (diretor de Broadway), os figurinos a Miles Whites (que devia criar nos anos 1950 os clássicos *Oklahoma!* e *Carrousel*) e os cenários a uma cenografia profética, Norman Bel Geddes. Mas esse espetáculo resta, sobretudo, memorável pelo pedido feito a Igor Stravinsky de um balé para elefantes e dançarinas, *Circus polka*, coreografado por Balanchine.

[3] É revelador que nos Estados Unidos igualmente, durante o inverno de 1934-1935, o duo de *clown* Emmett Kelly-Otto Griebling dê origem ao ícone do *tramp*, *clown* vagabundo, particularmente em fase com a realidade social da época marcada pela Grande Depressão.

no domínio do circo, que só pode nascer com a ruptura da sucessão dos números e com o retorno ao conceito teatral de trupe polivalente. Além do mais, os primeiros ocidentais compreendem que esse arco só é possível com programas de formação, sobre o modelo russo de agora em diante conhecido. O primeiro caso emblemático dessa evolução nos é oferecido por Howey Burgess, que introduz cursos de técnicas de circo em 1966 na New York University, antes de fundar, em 1969, o Cirque de l'Art, companhia de animação e de circo, ativa nos parques de Manhattan. No entanto, o retorno da trupe ao primeiro plano, com sua consciência de si mesma muito brechtiana (Stoddart, 2000, p. 84), assim como a vontade de levar a estrutura do espetáculo de circo ao mundo dos saltimbancos e da rua, contém entre suas características estéticas próprias à contracultura americana dos anos 1960 (Mcnamara, 1992, p. 28). Volta-se assim a uma aceitação do circo enquanto forma específica, e não mais como argumento acessório das vanguardas, por intermédio das novas escolas de teatro, de dança e de movimento. A exemplo daquilo que já tinha se produzido em face do teatro comercial, essa evolução se acompanha de uma crítica da industrialização do circo (Albrecht, 1995). É também por essa razão que os Estados Unidos – como é raramente lembrado – poderiam ser considerados como o verdadeiro berço do "novo circo". Basta pensar a que ponto a mais significativa realização europeia da época, o Grand Magic Circus, de Jérôme Savary e de seus amigos, é devedora em relação a uma estética comunitária – e de rua – já bem estabelecida nos Estados Unidos com a San Francisco Mime Troupe (outra fonte de inspiração direta do novo circo) ou com o Bread and Puppet.

Em paralelo, o mito romântico do saltimbanco encontra então, não sem dificuldades para se liberar de sua própria retórica, formas cada vez mais importantes de afirmação cultural: *La Strada* (1954) ou a publicação mais discreta do *Portrait de l'artiste en saltimbanque*, de Jean Starobinski (1970), que traz uma caução sábia à projeção rumo ao universo da pista e dos circenses.[4]

Os tempos são finalmente maduros, sem dúvida, para que os técnicos e os intérpretes do circo possam ser os vetores de estados de alma ou, segundo a noção soviética, os veículos da emoção consciente, mais que simples agentes da exibição. Aqui fazemos ainda alusão ao Grand Magic, mas também à instituição louca e quase becktiana do Cirque Bonjour (1971), de Victoria Chaplin e Jean-Baptiste Thierrée, provavelmente a primeira tentativa histórica plena de transformação do gênero.

[4] Nos anos 1950, uma retomada de interesse do cinema melodramático pela pista remodela os estereótipos do circo e a fascinação por sua dimensão de ícone cultural. O público vê-se impor variações inumeráveis sobre um único e mesmo imaginário mítico: de *Dumbo* (Walt Disney, 1941) a *Sous le plus grand chapiteau du monde* (Cecil B. DeMille, 1953) e *Trapèze* (Carol Reed, 1956), depois ao *Plus Grand Cirque du Monde* (Henry Hathaway, 1964), para citar só os mais conhecidos. Esses filmes, que apresentam um modelo de circo de massa, influenciarão em contrapartida o mundo da pista, a cuja estética eles condicionarão por muito tempo.

Conquistas teatrais similares, concentradas – não é fortuito – em um período tão breve quanto intenso vão encorajar uma refundação da *mise en scène* de circo, de um ponto de vista formal e também sob o ângulo do conteúdo. 1969 é o ano das trupes de Savary e de Burgess, mas é também o ano dos *Clowns* de Ariane Mnouchkine e de *Mistero Buffo*, de Dario Fo, sem esquecer o shakesperiano *Sonho de uma noite de verão* em sua versão para circo de Peter Brook. Simples coincidência? Esse período vê também Jacques Lecoq interessar-se pelo *clown*. O corpo falando e o "corpo poético", a abertura do espaço cênico assim como um jogo cômico associado a tradições mais antigas que o texto clássico: tais são os elementos que vão formar a bagagem do ator de circo em um futuro próximo.

Uma nova reflexão estética e crítica esboça-se em 1970 com *Les Clowns*, de Federico Fellini, filme que oferece ao circo um novo ponto de vista para o imaginário dessa arte, para além da visão romântico-chapliniana já estereotipada: desencantado, mas visionário na medida em que passa à frente do neorrealismo, e sobretudo revelador da profunda cisão entre a sociedade e o circo sobre o qual, a partir desse momento, pesará para além do clichê do anacronismo. O filme de Fellini se apoia sobre modelos de jogo *clownesco* ao mesmo tempo antigos e novos: não é um acaso se os Colombaioni, cabotinos da periferia romana e acrobatas-dublês de Cinecittà, são convidados aos laboratórios de Eugénio Barba antes de iniciar uma carreira teatral que vai contribuir muito com a definição de novos critérios interpretativos da *mise en scène* de circo. A energia refundadora é então particularmente forte na *mise en piste* e no ensino do circo: vê-se nascer em Paris o projeto de escola de Pierre Etaix e Annie Fratellini, assim como o de Alexis Gruss e Silvia Monfort (1974), na Suíça a escola de teatro e de circo do *clown* Dimitri (1971) e a trupe Mummenschanz (1972), na Grande Bretanha o Footsbarn Travelling Theatre (1970), em Bruxelas o Cirque du Trottoir (1972), no qual o grande Franco Dragone, concentrado na relação entre *clown*, acrobata e máscara, dá seus primeiros passos como formador.

Ainda na França, é a época em que Christian Taguet (inspirado, ele também, pelo Grand Magic do qual ele tinha participado) começa a fazer turnê com o Puits aux Images (1973). A cultura do novo *clown* espalha-se pela Europa a partir dos Países Baixos, onde Jango Edwards estabelece-se, em 1976, com a utopia do Festival of Fools e a palavra de ordem *clown power*. Mas a experiência mais completa e original desses anos é talvez aquela devida à instituição do autor austríaco André Heller, com o Cirque Roncalli (1976), no qual o imaginário romântico e o imaginário feliniano, mais desencantado, fundem-se em um conteúdo específico perfeitamente em acordo com a cena alemã da época, inteiramente voltada para a exploração dos espaços, da escrita e do corpo emancipado (com Peter Zadek, Kurt Jooss, Dresnik e, evidentemente, Pina Bausch) (Schlicher, 1987, p. 10). Com o Cirque Roncalli, pela primeira vez na história, um projeto de circo clássico entrega-se à sua própria interpretação crítica, carregando assim os potentes sinais sugeridos por Savary e Fellini.

Nos Estados Unidos, igualmente, projetos de circo mais definidos nascem no seio da vanguarda teatral. Da San Francisco Mime Troupe, na qual se conservam os modelos de dramaturgia "viva" e comunitária, separam-se então Larry Pisoni, que fundará o Pikle Family Circus, e o casal Paul Binder-Michael Christensen, que, depois de uma busca às origens realizada enquanto artistas de rua nas praças da Europa, em uma profunda simbiose com a estética dos Etaix-Fratellini, criarão em Nova York o projeto artístico e pedagógico do Big Apple Circus (1977) (Schechter, 2001).

Frascos e encruzilhadas

Todas essas experiências procedem da renovação do conceito e do espírito da *mise en scène* de circo. Se, entretanto, tiramos o trabalho sobre o *clown*, os instrumentos que elas empregam ainda não são capazes de dar origem à figura completa do ator de circo, cuja necessária exploração física, levada ao seu apogeu, se combina a uma aptidão artística mais completa.

Paralelamente a esse processo, assiste-se ao desenvolvimento do circo soviético. O Studio de Création é inaugurado em 1972, verdadeiro laboratório científico da *mise en piste* dentro de um casco de concreto. Em 1971, abria o Circo Bolshoi de Moscou, que ainda hoje continua sendo a referência mundial em matéria de concepção e de dispositivos cênicos. Essas duas instituições vão montar obras de grande qualidade, a começar talvez por *Prométhée*, de Vladimir Volianski (1977), primeira peça aérea da história do circo: pantomima clássica, agitação-propaganda, dança do século XIX e dramaturgia aplicada fundem-se em uma especificidade própria ao circo. Esse espetáculo traça assim uma via que será seguida, na nova Rússia, por figuras de ponta da coreografia, com Maestrenko nos anos 1980 e Gniouchev nos anos 1990. As instituições técnicas e estéticas desses dois artistas, que terão apenas o tempo de aproveitar os últimos anos de esplendor do Studio de Moscou antes da triste seca da fonte dos imponentes recursos do circo ex-soviético, são devedoras de grandes demonstrações como as do Cirque du Soleil.[5]

Importantes encruzilhadas como, desde 1974, o Festival de Monte Carlo ou o Festival du Cirque de Demain, lançado em 1977, em Paris, na sequência favorecerão a simbiose surgida nos anos 1980 entre companhias de circo russas e companhias ocidentais. O ensino soviético do circo tinha tido entre seus primeiros e mais atentos observadores Alexis Gruss e Dominique Jando.

[5] O símbolo desse período, o épico balé aéreo *Les cigognes*, é criado em 1983 por Piotr Maestrenko, depois remanejado por Valentin Gniouchev em 1990.

Com Silvia Monfort, eles dão origem, em 1974, a um ambicioso projeto voltado para a formação de um ator de circo completo: será o Centre de Formation des Arts et Techniques du Cirque et du Mime, cujo nome é revelador.

Mesmo o circo comercial, mais ou menos contestado pelas novas experiências, sai de certo imobilismo, pelo menos quando ele encontra formas de produção que abrem necessariamente vias inéditas à *mise en piste.* Nos Estados Unidos, o agonizante Circo Ringling – ainda o maior do mundo – é comprado pelo produtor Irvin Feld e dividido em dois. Os espetáculos serão de agora em diante montados por profissionais próximos ao mundo da Broadway ou da televisão. Vê-se nascer uma *mise en piste* nos moldes hollywoodianos, que não consegue se livrar, seja no domínio do puro *business* popular, de um *script*, de uma partitura, de uma coreografia e ou de oficinas especializadas nos cenários e nos figurinos. As matrizes dos anos 1970 engendram igualmente resultados interessantes na Europa. Por exemplo, a aventura ítalo-espanhola do American Circus, de Togni e Castilla, o maior nessa parte da Europa, é caracterizada por pantomimas e cortejos a temas cuidadosamente coreografados. Ou ainda o Cirque des Mille et une Nuits dos irmãos italianos Orfei, ligados a Fellini, que empregam como decorador o figurinista Danilo Donati (que trabalhou para Fellini, Pasolini e Visconti) a serviço da fantasia visionária dos mesmos.

Em suma, esse cruzamento de vários fatores – revolução das artes da cena e do corpo, crítica ferrenha ao circo tradicional e comercial, crise e atualização desse último, enfim o encontro com as aquisições do circo soviético – permite que se fale, por volta de 1975, de um "novo circo" e de uma *mise en piste* contemporânea.

Os primeiros testemunhos serão variados, mas quase simultâneos: o Nouveau Cirque de Paris Etaix-Fratellini, com sua insistência sobre a *clowneria* clássica que ocupa lugar de fio dramatúrgico (1975); o *Cirque à l'ancienne,* de Gruss, que dá novamente um lugar central ao cavalo (1976), o Cirque Roncalli, promovido do estado de tentativa ao de empresa, passando de André Heller à Bernhard Paul, o mais influente diretor da pós-guerra e o primeiro diretor de talento do circo clássico. Então, podem nascer na França centros criativos como o Cirque Aligre (1976, com Bartabas e Igor) ou o Cirque Bidon (1975, com Pierrot Bidon).

A sorte está lançada: ela será retomada em 1980 pela École Nationale du Cirque de Montréal, em 1985 pelo Centre National des Arts du Cirque, de Châlons-en-Champagne, e depois pelas escolas de circo que se multiplicarão de um país a outro. No plano das criações, esse tempo verá florescer experiências de uma grande posteridade para impor a arte da *mise en piste*, com o Cirque du Soleil (1984), *Les cigognes,* de Piotr Maestrenko (1983), *o Cabaret equestre,* de Zíngaro (1985), Archaos (1987) ou ainda o *Florilegio*, de Livio Togni (1989). Mas já é outra história.

Referências

ALBRECHT, Ernest. *The New American Circus*. Gainsville: University Press of Florida, 1995.

HAMMARSTROM, D. L. *Circus Rings around Russia*. Connecticut: Hamden, 1983.

MCNAMARA, Brooks. The Circus and the New Theatre. In: *Theatre Craft*, set. 1992.

SCHECHTER, Joel. *The Pickle Clowns. New American Circus Comedy*. Carbondale: Southern Illinois University Press, 2001.

SCHLICHER, Susanne. *Tanztheater*. Hambourg: Rowohlt, 1987.

STODDART, Helene *Rings of Desire. Circus History and Representation*. Manchester: Manchester University Press, 2000.

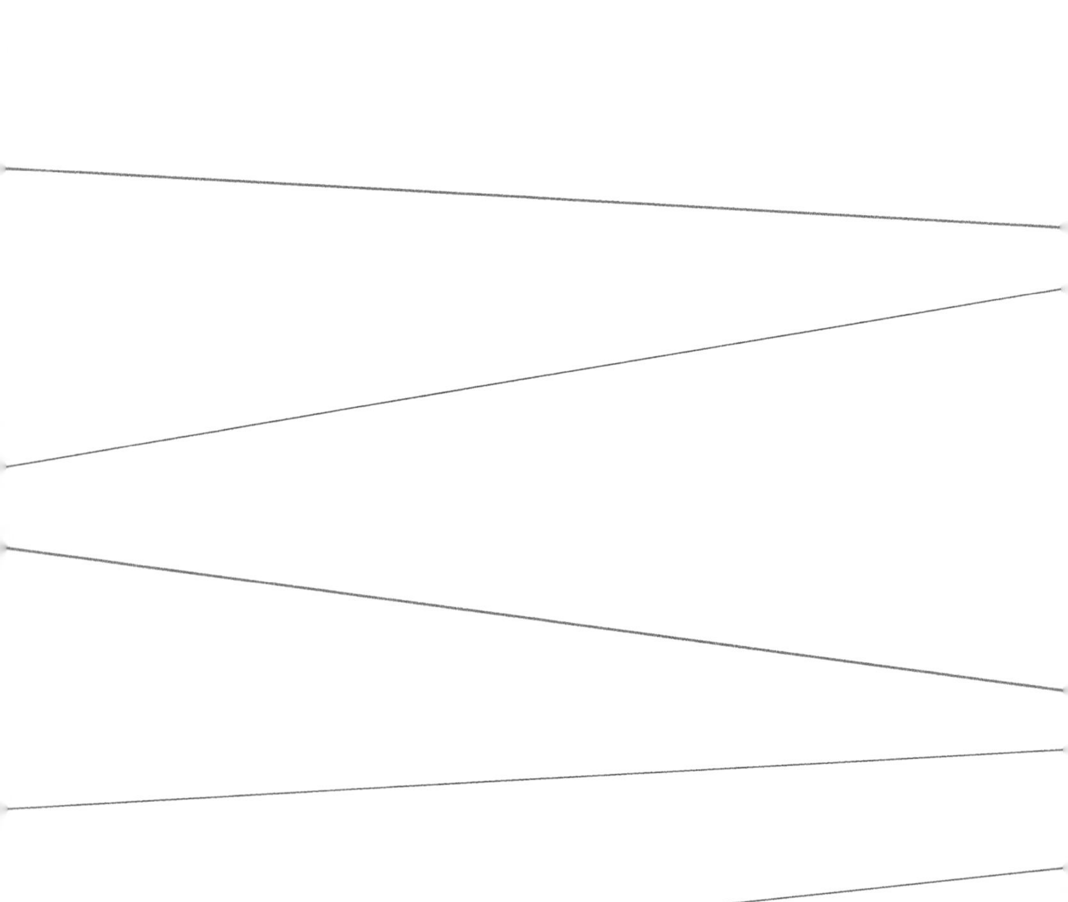

A CONSAGRAÇÃO PÚBLICA

Através de suas mutações, o circo acessa um grau de reconhecimento que há muito tempo não conhecia. Os indícios dessa legitimidade são tão numerosos quanto as instâncias capazes de concedê-la. A consagração, no entanto, não intervém sem querela nos respectivos méritos de tal disciplina ou de tal forma.

AS NOVAS ROUPAS DO CIRCO DE TRADIÇÃO

Sylvestre Barré
Tradução: Ana Alvarenga

As últimas décadas viram aparecer certo número de espetáculos de circo inclassificáveis, assimilados ao gênero tradicional, ainda sejam tão distantes dos clássicos quanto referentes a eles. Esses circos são dirigidos por representantes da tradição, quer se tratem de Gruss, de Bouglione ou de Fratellini. Seus espetáculos propõem uma *mise en scène* e um tipo de apresentação originais, mas nem por isso eles fazem parte do grupo dos "novos circos", pois afirmam fortemente a continuidade artística com o passado.

De fato, nem os próprios artistas sabem onde se situar nas categorias muito apressadamente definidas que separam "circo de criação" ou "novo circo" e "circo de tradição" ou "circo clássico". Ao mesmo tempo que reivindicam uma herança das raízes, um *savoir-faire*, um patrimônio (termos que eles preferem a "tradição"), eles afirmam claramente o desejo de se diferenciarem das duas outras tendências, o que os coloca ao mesmo tempo "no meio", como diz Valérie Fratellini, e "fora", como diz André-Joseph Bouglione.

A fim de fazer justiça a esses circos, poderíamos designá-los pela expressão aparentemente antinômica de "circos tradicionais de criação". Uma vez a contradição assumida, propomo-nos a interrogar a respeito de seus termos, tomando como exemplos os espetáculos bastante diversos apresentados durante a estação 1999-2000 por O Cirque (*Saudade* de Valérie Fratellini, Gilles Audejean e Christophe Sigognault), Romanès (de Alexandre Bouglione-Romanès), Arlette Gruss (*Avec nous, faites la différence*), Alexis Gruss (*Viens voir les équestriens*), Joseph Bouglione (*Le Songe d'une nuit d'été*, encenado por Neusa Thomasi) e Cirque d'Hiver (*Salto*). A aproximação entre esses espetáculos no que se refere ao conteúdo, às referências e até mesmo ao público, todos muito variados, pode parecer arbitrária, e distinções deveriam ser consideradas no detalhe, mas o reagrupamento mantém-se legítimo na medida em que todos têm em comum a dupla referência à tradição e à criação.

Elementos de inovação

Inúmeros elementos desses espetáculos permitem falar de circos de criação. Eles organizam seu programa em torno de um projeto de conjunto que pode ser o de um indivíduo - um diretor convidado, por exemplo - ou o de um coletivo e caracterizam-se pela presença mais ou menos marcada de um tema, de um propósito narrativo ou de uma trama, pela criação de ambientes tomados de empréstimo a outros universos cênicos. A trama pode ser linear, como é o caso de Joseph Bouglione, que integra ao circo o texto de Shakespeare *Sonho de uma noite de verão* e usa uma voz em *off* para contar os diferentes episódios da história. Ela também pode ser fragmentada, aparecendo em uma série de quadros e de evocações, como em O Cirque ou em Arlette Gruss que nos faz viajar no espaço e no tempo, à Índia, ao Oriente, à Idade Média ou ao futuro. Nesses dois espetáculos, a música inspira-se em uma grande variedade de registros: o grupo musical Napo Romeo, que animou os espetáculos do Archaos, toca em O Cirque tanto músicas de rock quanto batucada, *blues* e samba; ao passo que em Arlette Gruss, a orquestra mais clássica de sopros retoma Glenn Miller, Claude François, Sheila.

O projeto global acompanha-se de uma criação de relação entre os números, apoiando-se em diversos procedimentos: além da música muito presente, executada por uma orquestra viva, um conjunto de figurinos realizado por um mesmo criador, cenários e iluminação originais vestem harmoniosamente o conjunto da lona. Os números de circo são frequentemente introduzidos por um esquete individual ou coletivo, encenado, mimetizado ou dançado, que pode aparecer no escuro ou em uma nuvem de fumaça branca. Graças à introdução dos encadeamentos, as rupturas na narrativa são evitadas. O entreato às vezes é suprimido, como em O Cirque. Os personagens, que se servem de elementos de ligação, são valorizados. Eles ocupam um lugar central no Cirque Romanès, e os músicos frequentemente ocupam o centro da pista. Monsieur Loyal, que tinha por função principal anunciar o número seguinte, perde sua razão de ser. Mas nem por isso ele desaparece: seu personagem transforma-se, simplesmente, como veremos mais adiante.

Paralelamente à instauração de elementos de ligação, o artista larga progressivamente seu apego pelo número ao mesmo tempo único e intercambiável. Ele aparece em várias reprises no espetáculo, em papéis e disciplinas diferentes. Se ele perde uma grande parte do controle artístico (figurino, música) próprio à sua demonstração, ele se encontra implicado mais diretamente no espetáculo inteiro. Sua polivalência tornou-se preciosa e por vezes toma a frente sobre sua alta especialização.

Além do mais, os valores representados não são mais nomeados nem unívocos. Saímos de uma representação estrita dos sexos, dos gêneros, da família e da hierarquia para aceder a uma nova dimensão, dando lugar à crítica, ao jogo e à derrisão. Isso se observa notadamente no Romanès, quando a presença feminina de Delia ocupa a frente da cena, quando a criança representa "como criança", e não como um artista acabado, e o gato se mostra *au naturel* sobre os joelhos da trapezista. Da mesma forma, a figura masculina autoritária que aparece no respeitável personagem do diretor do Cirque d'Hiver é transformada em elemento cômico e ridículo. Certos temas novos vêm abalar a representação idealizada do mundo social. Assim, O Circo introduz um quadro que evoca a solidão e a ausência de comunicação através de três personagens: uma dançarina, uma *fildeferiste*[1] e uma cavaleira que evoluem simultaneamente, fazendo mímica de se ignorar. Esses elementos inovadores continuam, entretanto, entrelaçados a um grande número de ingredientes do circo tradicional.

Fidelidade à tradição

O nome do circo, primeiramente, fica geralmente associado ao nome dinástico: Arlette Gruss, Alexis Gruss, Joseph Bouglione. É um argumento que valoriza, dá garantia de qualidade, de autenticidade, de antiguidade e, portanto, de legitimidade. Os circenses "nativos", que carregam um nome patronímico conhecido, são evidenciados no espetáculo, bem como no programa. Mesmo se Alexandre Bouglione, indiferente à sua família, escolheu se fazer chamar Alexandre Romanès (marcando assim uma filiação com os Rom que é reivindicada por seu espetáculo), não deixa de revelar aos jornalistas seu verdadeiro nome, Bouglione, marca de distinção em matéria de circo.

1 Equilibrista que evolui sobre um arame metálico. (N.T.).

Esses epônimos permitem criar a ilusão de que existe uma continuidade sem falha entre o circo de outrora, o belo circo "clássico", e o circo de hoje. As marcas do passado no presente e os signos da tradição ainda são reforçados quando o nome dinástico afixado sobre a pista responde àquele dos museus familiares expostos nos bastidores, como é o caso de Alexis Gruss ou do Cirque d'Hiver. Quando essas referências não são_ilustradas por exposições intramuros, elas são visíveis no programa: fotos em preto e branco, cartazes, troféus, documentos que mostram a gloriosa história da família geração após geração. Além do mais, a saga familiar é com frequência representada no espetáculo. A crônica de certas dinastias confunde-se com a história do circo, e alguns artistas e diretores vão até esgotar em sua própria genealogia os temas e os números de seus espetáculos: Romanès com a evocação da herança manuche ou cigana e Alexis Gruss, sob uma forma mais clássica, com seu circo às antigas.

Se as ligações entre os números fazem apelo a técnicas artísticas variadas, os espetáculos utilizam com predileção encadeamentos tipicamente circenses. Arlette Gruss, Joseph Bouglione e O Cirque usam, cada um à sua maneira, o que chamamos "a caixa mágica" ou "*malle des ânes*",[2] procedimento que permite substituir um artista por outro em um gesto de prestidigitação. Em Arlette Gruss, o quadro das Índias extraordinárias permite introduzir uma grande variedade de elos sob uma mesma fórmula musical, artística e estética: Gisele Smart começa por apresentar uma série de equilíbrios sobre uma barra carregada por um elefante, ao passo que, em todo o entorno, desfilam animais exóticos. Ela desce de sua vara com a ajuda de uma roldana, mas continua na pista para fazer caracolar uma girafa. Quando a girafa sai, outro elefante faz sua aparição, carregando sobre a testa uma acrobata que só precisa estender o braço para alcançar a sua corda volante a fim de efetuar seu número aéreo. Após uma curta intervenção de Monsieur Loyal e do *clown* fantasiado de marajá, que termina com uma explosão com uma nuvem de fumaça, voltam três elefantes, cada um carregando uma acrobata. Essa intervenção tão surpreendente quanto grandiosa fecha em grande estilo a evocação das Índias, após 25 minutos de números de equilíbrio, adestramento, acrobacia, comédia e magia.

Adivinhamos aí a preocupação de conservar as componentes essenciais do circo. Certos números e certos artistas permanecem incontornáveis: a trapezista, o adestrador, o *clown* e até Monsieur Loyal têm um

[2] Tipo de truque de prestidigitação. (N.T.).

papel a desempenhar. Quando uns fazem a escolha de privilegiar uma disciplina – os números equestres para Alexis Gruss e para O Cirque –, os outros, como Arlette Gruss ou Joseph Bouglione, preferem dar um *show* "completo", com tigres, elefantes, cavalos, acrobatas, cômicos e malabaristas. Esse conformismo às vezes se põe à frente da preocupação de *mise en scène*, como é o caso de Joseph Bouglione, que apresenta, em *Sonho de uma noite de verão*, Coronel Jo, "o maior do mundo". Grande número de referências artísticas, musicais ou decorativas continuam sendo próprias do circo: veludos, couros, cores vermelhas e ouro nos cenários, figurinos *à brandebourgs*, botas montantes dos cavaleiros. Ao contrário, outros elementos como as penas, as *paillettes* (lantejoulas), os maiôs brilhantes e os figurinos de diferentes cores dos *clowns* – a norma em outros circos viajantes – são suavizados aqui. Parece que a maior parte dos elementos valorizados remete a uma visão da ordem do imaginário e do nostálgico, que evoca a infância: um circo eterno, atemporal.

Expondo um cenário humilde – pequena lona, caravanas modestas, terrenos vagos, figurinos remendados –, convidando músicos romenos, deixando as crianças indisciplinadas participarem do espetáculo, Alexandre Bouglione Romanès reabilita a lembrança poética do pequeno circo cigano, ingênuo e popular, feito de pedaços bricabraque. Por contraste, os elementos decorativos do Circo Alexis Gruss ou do Cirque d'Hiver fazem pensar no circo burguês da época vitoriana ou napoleônica. Nesse jogo da evocação e da reconstituição, o gênio estilístico de uma época ou de um meio é recuperado sob uma forma simples, estilizada, diretamente significante e que responde a certa ideia de autenticidade. No entanto, essa forma integra materiais contemporâneos; a preocupação com a exatidão histórica e o cuidado com o detalhe não são a prioridade.

Nesse esforço para valorizar um circo simbólico, os dois personagens falantes, Monsieur Loyal e o *clown*, aparecem de maneira recorrente. Eles servem sempre de agentes de ligação, ainda que sejam tratados com originalidade.

O augusto geralmente perde os sinais de reconhecimento de seu figurino, mas conserva uma ponta de vermelho no nariz, bem como seu caráter ingênuo, fantasioso e desajeitado. No Cirque d'Hiver, Mimi, formado na escola do Centre National des Arts du Cirque (CNAC), reinventa sua história lendária em um registro contemporâneo.[3] Ele

[3] Conta-se que o augusto apareceu no final do século XIX no Cirque Renz de Berlim, na pessoa de um

veste o figurino azul do técnico e faz incursões incongruentes sobre a pista para deslocar o grande material, testar o microfone, imitar os artistas. Em O Cirque, o augusto, Christophe Sigognault, possui uma formação de ator cômico. Ele é introduzido no início do espetáculo como um pequeno senhor vaidoso que atrai a atenção do público por ler fervorosamente um discurso incompreensível sobre o circo. Desde sua entrada na pista, ele é empurrado sem parar e, à medida que ganha sacudidas, perde sua roupa para se metamorfosear em *clown*.

Ao contrário, o personagem de Monsieur Loyal conserva seu figurino, mas é seu papel que evolui. No Cirque Artelle Gruss, suas qualidades artísticas são solicitadas sob ângulos variados: Michel Palmaire é influenciado pelos artifícios do *clown*; naqueles de um mágico, ele mesmo se torna mágico, depois dançarino de *hip-hop*, *rapper*, etc. Em O Cirque, esse personagem, interpretado por Pierre Guy Cluzeau, não anuncia os números: ele prefere correr atrás dos cavaleiros, beber champanhe, fumar cigarros. Ele intervém de maneira intempestiva para lançar a música, pôr ordem ou desordem na pista. O personagem é semelhante no espetáculo do Cirque d'Hiver no qual o *contre-pitre*[4] Petit Gougou, formado na Annie Fratellini, assume o papel do patrão: ele se faz chamar Senhor Bouglione, usa bigode, um figurino vermelho *à brandebourgs* dourados, grandes botas brancas e uma pequena gravata. Na pista, ele se põe a seguir e a imitar as dançarinas ou então intervém nas diferentes entradas *clownescas* para corrigir Mimi, demonstrando ter um ar autoritário, mas um coração terno.

Esses circos, em último caso, procuram tudo para reinventar sem bagunçar o adquirido. Eles fazem o elogio do circo clássico aplicando sobre ele sua visão das coisas. É no nível do olhar que se encontra a evolução: as convenções do circo são percebidas com certo recuo, e este cessa de se confundir com a vida para se tornar um objeto de desejo e de sonho.

As evoluções constatadas na pista não são menos notáveis na vida, na cultura e na identidade dos praticantes. Enquanto o espetáculo personaliza-se, o circo se abre a outros meios e a outros intérpretes, muitas vezes formados nas escolas especializadas. Simultaneamente, o artista tende a tomar distância do grupo de pertencimento. Sua concepção evolui, e ele percebe que não mais somente o espetáculo, mas também ele mesmo, encontra-se ao mesmo tempo "no meio" e "fora" do mundo do circo.

garçom de pista rústico e desajeitado que teria intervindo importunamente no espetáculo para arrumar material. Seus gestos desajeitados, seu ar de idiota, de intimidado, teriam tirado risos do público.

[4] Um tipo de palhaço, mais precisamente o parceiro do augusto, aquele que faz valer o palhaço. (N.T.).

O CIRQUE DU DOCTEUR PARADI ENTRA PARA O MUSEU

Zeev Gourarier
(com Jean-Christophe Hervéet)
Tradução: Ana Alvarenga

> Realmente só um tolo orgulhoso e um coração contraído negam todo valor de arte à arte que agrada aos humildes... Nossa época perdeu o sentido desse tipo de arte e de homens: artistas puros que falam ao povo pelo povo e não só para eles próprios e para alguns comparsas.
>
> ROMAIN ROLLAND

O Musée National des Arts et Traditions Populaires (MNATP) adquiriu, em março de 2001, o conjunto dos figurinos do espetáculo *Le Baiser de l'auguste*, após pesquisas, coletas e exposições que acompanharam sua concepção e sua apresentação em 1997 no Espace Chapiteau Parc de la Villette. Nada mais legítimo, à primeira vista, que a abertura das coleções nacionais a tal aporte. Do lado do museu, as equipes científicas conduzem, há décadas, uma política de enriquecimento dos acervos que permite contextualizar as obras, de preferência às compras e às doações não referenciadas. A atenção prestada à temática do circo é, também, lógica. Na ausência de um museu francês do circo e diante da indigência das coleções regionais nessa área, o MNATP é, de fato, o único lugar em que se pode reunir não somente os cartazes e os arquivos, mas também os figurinos, as maquetes, quem sabe até os carros alegóricos da parada que constituem a integralidade do patrimônio circense. De resto, é no seio desse museu que nasceu a ideia de um ano consagrado ao circo. Nesse contexto, é portanto lógico que o MNATP continue sua política de aquisição de coleções circenses, e isso ficando aberto a todas as correntes que animam hoje o universo da pista.

Todavia, essas evidências mascaram escolhas que convém esclarecer: por que "museificar" objetos pertencentes a espetáculos efêmeros dentro de um lugar de imobilidade e de memória? Como justificar a entrada dos acessórios de um espetáculo original e recente em acervos inalienáveis? O circo é uma arte popular e, no caso contrário, seu lugar é em uma instituição consagrada a essa categoria? Essa última pergunta coloca em questão o papel do MNATP em relação ao mundo da pista, pois é surpreendente ver a que ponto as mais altas instâncias da cultura tendem a coroar um circo que lhes assemelha: sóbrio, elegante e filósofo, muito afastado *a priori* das artes e tradições populares.

A arte popular assumida

As palavras, os lugares e os conteúdos são carregados de sentidos. Assim está estampado no intitulado dessa celebração: "Ano das Artes do Circo" e não Ano do Circo, como inicialmente imaginado. Por qual razão acoplar a palavra "arte" à de "circo"? Trata-se de magnificar a excelência de um *savoir-faire*, ou seria para colocar o circo do lado da criação contemporânea, ou ainda com o objetivo de tornar mais leve a carga demasiadamente popular da palavra "circo" sozinha? O problema parece ser de fazer entrar a qualquer preço a arte no circo. No entanto, não se trata de forma alguma aqui de participar das tendências que agitam a arte contemporânea atualmente voltada para a arte popular: às grandes rodas de 1º de janeiro de 2000 e aos dois mil anões de jardim de Bagatela sucederam as exposições Pop Arte, de Beaubourg,[1] e Uma Arte Popular, da Fundação Cartier.

Essa oposição entre cultura popular e Ano das Artes do Circo pode se conjugar a todas as modas e todos os tempos. Enquanto os circos ditos de criação se afixam de preferência em preto e branco, o MNATP coleta pôsteres das grandes lonas que praticam uma afixação colorida e selvagem. Quando a renovação da pista pressupõe correr o "risco da arte", o museu coleta os acessórios daqueles que correm, eles mesmos, um risco. Quando as artes e tradições populares colocam em evidência as placas do Cirque Van Crayenest, com seus animais sábios, aqueles que repensam as artes da pista sonham com um circo sem animais. Quando o "novo circo" se veste de fraque ou de *collant*, o MNATP adquire figurinos de *clowns* brancos resplandentes de *paillettes*.[2] Lá onde a administração cultural procura artistas cujos espetáculos seriam considerados como criações, as artes e tradições populares procuram artesãos autores de bons números...

[1] Centre Georges Pompidou, Beaubourg, Paris. (N.T.).

[2] Lantejoulas. (N.T.).

O MNATP reivindica então sem remorsos sua função patrimonial para um circo que ama as lantejoulas, os domadores, as cores e o sensacional, traços próprios a uma cultura popular qualificada de barulhenta, brilho vulgar e brega. Essa posição da instituição em face do circo não é recente. Desde os anos 1950, o museu interessou-se pelos ofícios da pista e realizou, em 1956, uma primeira exposição consagrada ao circo que, por sua vez, acarretou propostas de aquisições e de doações. Através da constituição dos acervos Soury, Bouglione ou Médrano, o MNATP adquiriu peças únicas: cartazes dos primórdios do circo, figurinos de Auriol, de Grock ou dos Fratellini, pinturas animalescas de Soury... Dentre todas essas coleções, o conjunto mais extraordinário continua sendo, sem dúvida, a doação das irmãs Marthe e Juliette Vesque, desenhistas no Muséum d'Histoire Naturelle, que consagraram seus lazeres a anotar e a representar todos os circos e os números que lhes foram dados a ver de 1904 a 1947. Um jornal no qual estão registrados os eventos do mundo da pista e dezenas de paletas aquareladas e centenas de desenhos formam uma espécie de crônica preciosa dos ricos momentos do circo durante meio século.

Mas qual podia ser a utilidade desses tesouros acumulados no museu desde o pós-guerra? Um encontro com Bernhard Paul, do Cirque Roncalli, em 1995, tinha sublinhado um fato essencial: a relação entre patrimônio e criação. O Cirque Roncalli é um dos maiores circos na Europa, chegado ao zênite da popularidade em alguns anos graças à qualidade de seus números, uma estética refinada e, sobretudo, uma real inventividade. A imaginação na realização do espetáculo parecia ser aqui a consequência imediata do gosto de Bernhard Paul pela história do circo, dos recursos que lhe oferece a coleção considerada que ele reuniu, bem como de sua faculdade de esgotar na memória da pista para renovar seu programa. No entanto, o exemplo alemão não parecia ter feito escola na França, como se o circo só pudesse criar a partir do nada. A impressão há de ser atenuada, mas não negada, na medida em que as tradições circenses francesas buscam modelos tanto na memória familiar quanto em outras disciplinas como a dança ou o teatro. Também, quando o ano que seguiu essa viagem a Colônia para Roncalli, soube que Jean-Christophe Hervéet, diretor do Cirque du Docteur Paradi, tinha vindo ao MNATP consultar o fundo das irmãs Vesque para a preparação do seu futuro espetáculo, me pus rapidamente em contato com ele a fim de organizar uma verdadeira colaboração. Do seu lado, ele buscava a inspiração na obra das duas irmãs. Da minha parte, eu desejava constituir a memória material do novo circo a partir dos arquivos completos de um espetáculo, desde sua concepção até as exposições da representação, passando pela pesquisa, pela coleta dos desenhos, figurinos e cenários e pela aquisição da maquete do circo imaginada na ocasião desse programa chamado na sequência de *Le baiser de l'auguste*.

Das aquarelas ao espetáculo

Jean-Christophe Hervéet aceitara de se prestar ao jogo, e dois pesquisadores do museu (Arnaud Martin, etnólogo, e Vinciane Dofny, historiadora da arte) fizeram um de cada vez estadas no circo de Elbeuf onde a companhia ensaiava seu programa. O período de montagem do espetáculo resultava de um longo trabalho de impregnação do universo estético das Vesque e de composição de uma cenografia, da qual Hervéet nos deixou o testemunho.

> O que mais sobressai *a priori* do conjunto da obra é a sensação de elegância e de refinamento. Que seja na escrita, no traço do desenho, na harmonia das cores, na escolha dos suportes – maravilhosos arquivos ligados com seu marcador de página de marfim preso por um fio de seda –, que seja pela maneira com que elas contam uma atitude, descrevem um figurino, relatam um acontecimento, falam de um artista, tudo que passa por seus olhos, sua pena, seus pincéis nos é restituído na sua mais precisa realidade, bordado de uma fina fita de ouro. Essa sensação primeira, espécie de graça que cerca a obra das irmãs Vesque, definirá o estilo e a estética de nossa nova criação. Nós trabalharemos sobre as noções de refinamento, de elegância, de leveza, de transparência. O gestual dos artistas, a pesquisa e a definição dos diferentes personagens serão nutridos por atitudes e expressões fixadas pelas aquarelas. A *mise en piste* e a construção integrarão os elementos tirados de seu diário... Mas se essa primeira leitura das irmãs Vesque gera uma emoção forte, ela não é suficiente para alimentar um suporte dramático que justifique o que é nossa atitude artística. Com um malicioso prazer, eu me tardo a tirar desse universo de elegância, de beleza do movimento, de "belezura" os elementos que podiam estar na origem de conflitos e de rupturas indispensáveis à elaboração de uma trama dramática, tão modesta que ela seja... Então aparece um mundo cuja finalidade é apresentar a natureza humana mais leve de sua gravidade terrestre, um mundo que se dá como princípio transgredir o interdito, de ultrapassar as regras comuns, de brincar e se rir do que define desde os primórdios os limites comuns dos mortais. Voa-se nesses limites, onde também se voa como o pássaro, aqui somos flexíveis como a serpente, saltamos como o macaco; tem-se o equilíbrio do gato ou da cabra, mas se vai mais longe. Pode-se se ficar sobre a cabeça, sobre um braço, se empilhar uns sobre os outros, cavalgar no lugar e de trás pra frente, em cima, embaixo, ali se lança uma multidão de objetos que alcançamos todos, até mesmo o fogo. Ali se aparece, se desaparece, se representa o felino como um bicho de pelúcia. A tentação, a sedução, a sensualidade estão onipresentes. Tudo passa pelo corpo – a carne – que se torna vetor de toda emoção e está exposto em seu mais lisonjeiro dia. Os tecidos suntuosos, os ouros, as purpurinas, os diamantes só fazem exaltar a nudez... Mas quem então leva esse mundo de prazer, essa sarabanda descontrolada e lúdica? Não há nisso alguma coisa de demoníaca nesse jeito de lisonjear a alma do espectador? E o espectador, ele mesmo, está seguro de que tudo que

ele ressente é bem confessável? O propósito é então se divertir com a noção de pecado encenando um personagem, espécie de Santo Antônio, arrastado em um *farandole*[3] que o transportará de emoção em emoção através dos universos da gulodice, da vontade, da cólera, etc.

O encontro da trupe do Docteur Paradi com o patrimônio circense leva a refletir sobre a essência mesma do circo: as noções de ultrapassagem, de transgressão e de sensualidade extraídos por Hervéet asseguram aqui a especificidade do mundo da pista em relação a outros espetáculos, muito mais que os critérios formais do círculo ou da lona: sem dúvida mais que qualquer outra forma, o número de circo remete ao teatro da crueldade definido por Antonin Artaud. Assim, como no mundo das belas-artes, o contato com os mestres antigos, mesmo por intermédio de representações, fecunda novas aproximações da especialidade e ativa o imaginário.

Memórias do real

O circo é também uma das raras atividades criativas a conter potencialmente a ideia de um espetáculo total. Ele é capaz de unificar em um mesmo programa o mundo do *entre-sort*,[4] o qual, na feira circense, o público se desloca para olhar uma coisa ou um ser imóvel, e o banco, onde o espectador imóvel assiste a uma apresentação por sessão. Assim também a visita da coleção de feras ou da tenda dos fenômenos pode preceder a descoberta de uma parada circense seguida por um espetáculo sob lona, assim como a exposição Jours de Cirque, em 2002, em Mônaco, deveria conjugar o espetáculo da parada, a projeção de filmes e a apresentação do patrimônio circense, em grande parte realizada com as coleções do MNATP. Dessa maneira, através de uma apresentação temporária, cuja experiência figurou previamente a renovação do museu, foi dada ao grande público a ocasião de descobrir a riqueza das coleções nacionais.

A realização de exposições não basta, todavia, para justificar a constituição de coleções circenses a longo termo. Por que comprar, restaurar e entreter um patrimônio não somente concebido como efêmero, mas outrora queimado pelos *enfants de la balle*[5] de origem cigana, que incineravam o que havia pertencido a seus mortos? O Ano das Artes do Circo poderia trazer um primeiro elemento de resposta no sentido de uma consagração desejada hoje pelas mais altas instâncias culturais. Mas o MNATP tem tendência a conservar também elementos que remetem à imagem antiga do circo, com

[3] Um tipo de dança. (N.T.).

[4] Uma dessas barracas de feira onde se mostravam monstros e "curiosidades". (N.T.).

[5] Comediante, ator, artista de circo.... cujos pais faziam o mesmo ofício. (N.T.).

seus *clowns*, seus acrobatas e seus cavaleiros, que correm todos os riscos, exceto precisamente o da arte, e que então há atualidade a consagrar. A criação circense não se limita aos espetáculos integrantes de um roteiro contínuo. Se os objetos de circo entram no museu, certamente não é para sacralizar uma criação que parece oscilar entre os fenômenos de moda e a ressonância de um universo cultural do qual J.-C. Hervéet se fez eco. A "museificação" do circo poderia ter o efeito inverso daquele buscado, criando excessivamente cedo modelos geradores de esclerose. Diferentemente disso, as coleções de objetos de circo devem não somente ajudar na inspiração dos profissionais, mas também valorizar a estética da pista para o grande público, e isso sem prejulgar formas novas ou tradicionais, mas marcando igual interesse por tudo o que contribui para enriquecer o universo do circo. Também na hora em que os museus de sociedade ou de civilização evocam massivamente o mundo do trabalho e da vida cotidiana, as obras criadas para os marionetistas, os artistas de feiras e as pessoas do circo devem ser conservadas no sótão das boas lembranças da nossa sociedade. Todo museu acaba sendo, de maneira simbólica, um lugar de consagração. No caso do circo, ele procura, ao contrário, inspirar os artistas e fazer sonhar o grande público com o que mais estimula o imaginário: os fragmentos do real.

O HISTRIÃO E A INSTITUIÇÃO

Emmanuel Wallon

Tradução: Ana Alvarenga

Embora estivesse carregada de senso comum, a palavra "circo" não teve de jeito nenhum as honras do *Dictionnaire des idées reçues* de Gustave Flaubert (1958). Quanto à palavra "arte", ao contrário, o livro arbitra com segurança: "Isso leva ao hospital", e depois logo completa: "Para que serve isso, já que a substituímos pela mecânica que faz melhor e mais rápido"? (1958, p. 19). Segundo o pai de *Bouvard et Pécuchet*, o circo corre então indiscutivelmente o grande risco da grande arte. Como o *clown* brincalhão ("Foi deslocado desde a infância") (p. 52), o histrião ("Sempre precedido de abjeto") (p. 157) pode então frequentar a instituição, quiçá postular na Academia ("A denegrir, mas tratar de fazer parte dela se pudermos") (p. 4). Histriões, ou seja, palhaços brincalhões, os saltimbancos continuaram a sê-lo aos olhos de autoridades que os alojam frequentemente na periferia das cidades ou na porta das instituições culturais. E, por vezes, eles se estão transformados, uns perante os outros, quando os artistas do circo dito "tradicional" desconfiam que seus colegas do "novo circo" servem à arte oficial e que estes últimos os acusam de se submeterem às convenções do ofício.

Vertigens do sucesso: ao longo dos dois séculos que passaram desde seu estabelecimento na França, o circo conheceu altos e baixos. Sua legitimação na esfera pública procedeu segundo vias verticais, assim que o reconhecimento foi atribuído por instâncias superiores e tão logo essa legitimação foi conquistada por reprovados que tinham a ambição de abrir uma brecha. Dois leitores de Flaubert, Jean Starobinski e Pierre Bourdieu, se tornaram de maneira muito diferente ilustres na exploração desses canais.

O prefeito no subcampo

De sua vez, Pierre Bourdieu construiu muitas pesquisas para localizar, no que ele chama de "campos" e "subcampos" artísticos, "diversos indícios de reconhecimento [...], distinguidos por diferentes instâncias de consagração" (1992, p. 321). É a propósito do autor de *L'education sentimentalle* (1869), no qual o jovem Frédéric Moreau oscila "entre a boemia e o mundo" (p. 26), "entre a arte e o dinheiro, o amor puro e o amor mercenário" (p. 43), que o sociólogo sintetiza, em *Les Règles de l'art*, suas teses sobre a constituição de um "campo literário" dotado de uma "autonomia relativa".

> As lutas de definição (ou de classificação) têm por aposta fronteiras (entre os gêneros, as disciplinas ou entre os modos de produção no interior de um mesmo gênero) e, por aí, hierarquias. Definir as fronteiras, defendê-las, controla as entradas, é defender a ordem estabelecida no campo. (p. 313)

Em outros termos, os inventores e os rebeldes exercem um papel essencial em um domínio de expressão desde que neles forcem os recintos para aí estabelecer seus próprios códigos. Os "herdeiros" desse tipo são desejosos de converter e de aumentar seu "capital cultural", mais que gozar disso em rendimentos ou benefícios. É o que faz nosso Gustavo, esse genial "idiota da família" a quem Jean-Paul Sartre (1972) dedicou um monumento de análise literária.

Seria fácil adaptar ao "subcampo" do "novo circo", delimitado nos anos 1980, a observação que Bourdieu (1992, p. 313-314) aplica às invenções do diretor André Antoine um século mais cedo:

> O Teatro-Livre existe realmente nesse subcampo teatral a partir do momento em que lança mão dos ataques aos defensores habituais do teatro burguês – que, aliás, efetivamente contribuíram para tirar dele o reconhecimento. E poderíamos encontrar infinitos exemplos de situações em que grande parte dos membros do campo teatral são condenados a se desfazerem, como nos negócios de honra e todas as lutas simbólicas, entre o golpe de desprezo (que, se não for compreendido, corre o risco de desaparecer como impotência ou covardia desprezáveis), e a condenação ou a denúncia, que, apesar de as possuirmos, encerram uma forma de reconhecimento.

Inicialmente jogados às margens de um campo, os reformadores do estilo acabam investindo-o a golpes de fatos acabados, de manifestos e de sucessos de estima para, em breve, impor ali a regra revisada da qual eles se dizem depositários.

Um componente do reconhecimento público não está menos propenso às hierarquias do poder. Doravante se sabe, o teatro equestre dos Astley e Franconi elaborou seu método de maneira a contornar o monopólio dos artistas subvencionados pelo Estado. Para esse fim, eles utilizaram de astúcia à vontade, ao exemplo de Philip Astley: que construiu uma plataforma nas costas de 16 cavalos no lugar da cena para carregar seus acrobatas, como mostra uma gravura da época. Mas essa arte dominada não tardaria, por sua vez, a reclamar privilégios. Antonio Franconi obtém um por seu terceiro Cirque Olympique, em 1827, Louis Dejen pelo seu circo em 1835, entre outros procedimentos que assegurava o brilho de um gênero, a atribuição de um selo, como o de circo real ou imperial, foi dos mais discriminantes. Essas marcas eram sempre adotadas. Muito tempo após o antecedente do Cirque National des Champs-Elysées, aberto por Dejean em 1841, Alexis Gruss recebeu como uma prova de distinção o título de Cirque National, de 1982 a 1987.

A outorga de um dote regular, similar àquele cujo grande "equestre" ainda se beneficia à exemplo das companhias "contemporâneas" Archaos, Baroque, Plume ou Arts Sauts, conta tanto para o cachê quanto para o crédito da empresa. A designação de um espaço bem localizado ou simplesmente frutífero pelos políticos ou pelo presidente de um órgão público pode se mostrar decisiva. A encomenda de um prédio a um arquiteto contribui para impor o lugar do circo dentro da cidade: isso foi verdade de Jacques Ignace Hittorff, outrora (autor do Cirque d'Eté e do Cirque d'Hiver em 1841, mas também da estação ferroviária, Gare du Nord, em 1861-1868), aos dias de hoje de Patrick Bouchain (idealizador do teatro Zíngaro, da Volière Dromesko, da futura Académie Fratellini, mas também das Roues do ano 2000 sobre os Champs-Elysées).

Com mais de um século de distância, o fenômeno de mania se reproduziu por meios comparáveis: a afluência de uma elite intelectual, com ares burgueses e referências refinadas, estimulou o interesse de uma crítica de ponta. Nos nossos dias, ela permitiu chamar atenção de uma parte do clero que atuava nas instituições culturais da república. A promoção do "novo circo", na sequência, aproveitou da estrutura da grande imprensa. Por não renunciar completamente à humildade de um estatuto que relegava à periferia dos circuitos de difusão subvencionados e das auréolas de autenticidade, as pessoas da profissão se prestaram ao diálogo com os poderes públicos. Enfim, a iniciativa de um ministro, ousando consagrar às artes do circo um ano rico em tratos políticos, coroa essa visão de uma frágil musa acolhida sobre o Olympe. As disciplinas da pista são, desde então, honradas por mais de um motivo: dispensadoras de prazeres e de emoções na multidão, elas são julgadas dignas de assembleias elevadas. *Pourvoyeuses*[1] de um patrimônio em relação ao qual testemunham coleções e exposições, fazem-se disso auxiliares

[1] *Pouvoir + voyeuse*: neologismo que significa "observadores do poder".

da educação nacional em sua ambição de despertar a juventude às artes e até às ciências. Sujeitas à publicação segundo o desejo dos editores, livreiros e bibliotecários, elas ocupam colóquios nos quais se cortejam intérpretes, arquivistas e universitários. Atividades em plena ascensão, elas justificam medidas orçamentárias não habituais, mesmo se os profissionais estimam essas últimas ainda tímidas.

De fato, de um século ao outro, essa ascensão conheceu muitas etapas e marcou várias reversões (Wallon, 2001). Para se ater ao período aberto pela criação do Ministério dos Assuntos Culturais, guardaremos três fases (Abirached, 2001, p. 132-133). A primeira começa com a desgraça de um gênero tradicional cujos canhões se amortecem, ao passo que os principais emblemas gravitam na órbita da televisão para não sucumbir ao anonimato das turnês de verão. Ela termina por volta de 1974, quando a formação das primeiras escolas de aperfeiçoamento por dois herdeiros de alta linhagem, Alexis Gruss (no Carré Silvia-Monfort) e Annie Fratellini (Porte de la Villette), anuncia o ressurgimento. Relutantes ao sistema familiar, jovens coletivos emergem então em torno de trânsfugas do circo convencional, das artes da rua, do teatro, da dança e até do mundo esportivo. Significativa no plano simbólico, a transferência das competências relativas a essa área do Ministério da Agricultura, na administração dos assuntos culturais (Ministère de l'Agriculture à l'Administration des Affaires Culturelles), em 1979, traz seus frutos depois da chegada de Jack Lang na rua de Valois, em 1981. O ministro do presidente François Mitterrand se posiciona e defende o fim da distância entre as artes maiores e as artes menores, sendo repreendido por numerosos ensaístas. Ele começa um terceiro tempo, marcado pela repartição das primeiras ajudas às companhias, pelo estabelecimento de uma associação de apoio – cujas designação e funções evoluirão, de sua criação em 1982 à sua suspensão por causa de fraude em 1994 – e, sobretudo, pela fundação, em 1985, do Centre National des Arts du Cirque (CNAC), cuja influência sobre o crescimento do "novo circo" foi bastante destacada. Uma quarta fase começa, então, com a devolução de uma missão de desenvolvimento na associação HorsLesMurs, em 1996, e a fundação do Syndicat des Nouvelles Formes des Arts du Cirque (SNFAC), em 1998, duas organizações fortemente empenhadas na preparação do Ano das Artes do Circo (verão 2001-verão 2002).

O artista em saltimbanco

Essas imagens de loureiros caindo em cascata sobre a pista contrastam com o quadro que Jean Starobinski traçou no seu *Portrait de l'artiste en saltimbanque* (1983). Ele também parte do jovem Flaubert, cuja própria educação sentimental foi impregnada com a aparição, nos campos de feira, da cavaleira e da dançarina de corda:

> Com que avidez inquieta eu a contemplava, quando ela se atirava até a altura das lâmpadas suspensas entre as árvores, e que seu vestido, bordado de lantejoulas de ouro, fazia estardalhaço saltando e engolia no ar! Estão aqui as primeiras mulheres que eu amei. (Starobinski, p. 45-46)

O filósofo e historiador da arte mostra depois como os pintores, na junção dos séculos XIX e XX, se ampararam de um assunto que evocava para eles ao mesmo tempo: "a fascinação diante da leveza" (p. 25), os "corpos desejáveis e corpos humilhados" (p. 55), "os salvadores risíveis" (p. 97), enfim, os "passantes e transpassados" (p. 115). Ele cita, com o apoio de Daumier, Toulouse-Lautrec, Chagall, Degas, Seurat, Rouault, Ensor, Klee, assim como Picasso, este último assinando os cenários de *Parade* (1917) para os balés russos, sobre um argumento de Jean Cocteau e uma música de Erik Satie.

Esse balé inaugurava duas décadas de paixão entre artistas da tela, da pista e do palco. O grupo Art et Action dera máscaras de *clowns* que faziam caretas aos intérpretes de *La danse macabre,* de Carlos Larronde, em 1919, no Odéon. Em 1920, Cocteau montou a farsa do *Boeuf sur le toit,* na Comédie des Champs-Elysées, sobre a música de Darius Milhaud, no cenário de Dufy, com a contribuição dos Fratellini. Jules Romains convidara dois dentre eles, Paul e François, pra dar aulas de "acrobacia e jogos de *adresse*" na escola do Vieux-Colombier, sob a égide de Jacques Copeau, em 1922-1923. Nesse mesmo ano, Marcel Achard fizera montar sua peça *Voulez-vous jouer avec moâ?* sobre a parada (o desfile) de feira, no espaço de Charles Dullin no teatro do Atelier, no cenário a três moedas imaginado por Toouchagues. Pierre Mac Orlan colaborava com o mímico Farina, e Sacha Guitry se franqueava com o fantasista Little Tich.[2]

Para prolongar até os dias de hoje a lista dos artistas plásticos fascinados pelo circo, seria ainda preciso mencionar Alexandre Calder e seu *Cirque* miniatura (1927), Fernand Léger com *La Grande Parade* (1954), Jean Dubuffet pelo ciclo do *Cirque de Paris* (1961-1962) ou ainda David Hockney com seu *Harlequin* (1980). É todavia na nostalgia doce-amarga que esses artistas fazem dançar os energúmenos da pista. Eles sentem que as formas coloridas da lona se atenuam diante da cor cinzenta de um século de aço e veem o personagem sair de quadro e a figura fugir do quadro e também conhecem o frágil movimento do circo ameaçado pelos mecanismos da grande indústria. Depois de terem projetado uma imagem da arte no embalo da acrobacia em leveza,

[2] Ver "Des *clowns*", catálogo da exposição. Biblioteca Nacional da França, Paris, 2001.

esses artistas procuram o reflexo disso por entre as sombras que atemorizam o acampamento. Dramaturgos ocupam-se de uma pesquisa idêntica no universo da cena. O *clown* é triste, infelizmente!, e seu riso recai como as repartidas de Clov em *Fin de partie* (1957), em Samuel Beckett. Em *En attendant Godo* (1953), o irlandês cria um teatro de "*rigolade*[3] e falha" (Louette, 2001, p. 51), cujos anti-heróis tomam emprestado do circo a gramática de queda e de fracasso deles. Jean Genet ainda quer acreditar nas estrelas. Seu funâmbulo Abdallah esbarrará nelas somente se andar a prumo da morte. O escritor deve colocar seus passos nos seus. "Para adquirir essa solidão absoluta da qual ele precisa se quiser realizar sua obra – tirada de um nada que vai encher e tornar sensível ao mesmo tempo –, o poeta pode se expor em alguma postura que será para ele a mais perigosa" (Genet, 1979, p. 16). A glória passa ao alcance do dançarino de corda desde o instante em que as boas pessoas tremem com sua audácia.

Sobre esse ponto, a estética do renegado se afina com a ética do bom pastor. Não é um acaso se Rouault, fora augustos, retratará prostitutas no labor e Cristo com dor. "Se alguém quiser ser o primeiro, ele será o último de todos, e o servidor de todos", proclama o Novo Testamento (*Marcos*, IX, 35). E o Sermão sobre a montanha insiste por essas instâncias adaptadas à moral dos capítulos: "Felizes vocês que choram agora, pois vocês rirão! [...] Infelicidade a você que ri agora, pois você estará de luto e em lágrimas!" (*Lucas*, VII, 21-25). Na concepção contrária – como diria Huysmans, outro autor de circo! – de que dispunham os poetas depois de guerras devastadoras, a decadência mesma do circo o cerca de uma aura cômica e dramática que pode novamente fazer brilhar o sublime aos olhos de um cineasta: Charlie Chaplin em *Le Cirque* (1928) e *Limelight (Les Feux de la rampe*, 1952) ou Federico Fellini em *La Strada* (1954) e *Les Clowns* (1970). Este último nota de fato: "O *clown* é um espelho no qual o homem se revê em uma imagem grotesca, disforme, estranhamente cômica. [...] É como se nós nos perguntássemos: 'A sombra está morta? A sombra morre?'" (Fellini, 1980, p. 117). Essa veia é ainda sondada por dramaturgos – Robert Abirached em *Tu connais la musique?* (1971) e Louis Calaferte para *Un riche, trois pauvres* (1994) –, desenhistas – Fred com Le *Petit Cirque* (1973) –, trupes de atores como o Théâtre du Soleil, de Ariane Mnouchkine em *Les Clowns* (1969), e o Grand Magic Circus, de Jérôme Savary, a partir de 1970.

Se os primeiros são os últimos, então o gênero menor torna-se maior. O circo propõe perpetuar a aliança dos contrários. Assim como ele confronta o medo e o riso ou alterna o equilíbrio com o movimento, ele combina a mais

[3] Rigolade: divertimento que faz rir. (N.T.).

profunda obscuridade e a mais viva luz, mobiliza a força a serviço da graça, associa o cristal de rocha à limalha, à pena e ao excremento. Por que ele não conciliaria o fundo popular, de onde temas, códigos, formas e pessoas frequentemente são oriundos, com a alta cultura com as quais instituições montam a guarda? É verdade que certos histriões dificilmente se rasgam à tentação do vulgar. Eles preferem carregar suas peças de ornamentos a exaltar a aspereza de seu trabalho. Gerard Mace (1999, p. 88) colhe esse paradoxo em uma agradável fórmula: "[...] entre a grande pintura e o mau gosto, o circo está frequentemente sobre uma corda estirada." Então importa que artistas, críticos, amadores, estetas, se quisermos, saúdem os melhores intérpretes do circo. Trata-se de encorajar o hercúleo de feira a se tornar um atleta do gosto.

Sob a tela não se estende somente uma pista, mas também um *atelier* de fabricação, um espaço de ensaio, um lugar de vida. É porque a trivialidade corteja a excelência e a rudez um pouco. A tensão que opera entre esses extremos e faz a intensidade de um momento de circo não resulta de um sentido preestabelecido, nem de um *savoir-faire* imutável. Ela depende sobretudo da acuidade do exercício aplicado... ao espectador. Como a ópera, o espetáculo de circo, resume J. Starobinski (1983, p. 64)

> [...] oferece ao espírito uma escolha vertiginosa: se deixar fascinar pela forte e vulgar presença do real vital, ou transcender, por um decreto da consciência interpretante, essa realidade do corpo para se arremeter rumo ao longínquo de uma significação alegórica.

Na desordem manifesta de seus propósitos e aparente confusão de seus valores, o circo expõe com constância as matérias, os instrumentos e as técnicas que podem fazer jorrar a emoção, a imagem ou a ideia. Como a história da arte atravessa de vez em quando períodos de estremecimento ao longo dos quais as hierarquias são abaladas, compreende-se que esse universo de prosa violenta e de figuração ingênua atrai os audaciosos, que não tardam a erguê-lo em modelo de poesia nativa ou de abstração encantada.

Seguramente, seria permitido levar mais além a assimilação entre a figura do saltimbanco e a imagem do artista, tal como ela foi pacientemente cinzelada no Ocidente desde a Antiguidade. Em todo caso, é o que sugerem Ernst Kris e Otto Kurz (1987), através de certo número de anedotas reportadas pelos zelos biográficos dos grandes mestres. A virtuosidade deles, a de Giotto, por exemplo, que, segundo Giorgio Vasari, "provara sua maestria desenhando um círculo perfeito com seu dedo diante do emissário do papa maravilhado" (1987, p. 138), confina ao prodígio, excitando a inveja dos deuses e o desejo dos homens. Entretanto, se o talento do pintor ou do escultor se iguala à proeza do acrobata, do malabarista e do ilusionista, nem por isso o inverso não é adquirido.

Improvável síntese

Os especialistas em ciências humanas não são estimados por façanhas desse tipo. Eles não têm muita habilidade para dissimular os mistérios que acreditaram mostrar no espaço das apresentações. Assim às vezes ficam "andando em círculos" quando lhes é pedido que expliquem por qual critério uma autoridade civil poderia revelar hoje a aura, essa essência estranhamente sensível que, quando emana de uma obra, autoriza a classificá-la como uma relíquia de arte sagrada no museu das criações de exceção. Pierre Bourdieu enuncia em *La distinction* (1979, p. 101), em uma sintaxe tão perfeitamente circular que parece concebida para uma volta de pista,

> O próprio da imposição de legitimidade é de impedir que jamais se possa determinar se o dominante aparece como distinguido ou nobre porque ele é dominante [...] ou se é somente porque ele é dominante que ele aparece como dotado destas qualidades e como único legitimado a defini-las.

Uma síntese é possível e, sobretudo, desejável entre a abordagem de Starobinski e a análise de Bourdieu? Nada impede em teoria. Se pretendemos continuar fiéis ao léxico do sociólogo, os esforços de "distinção", longe de frear a mecânica da "reprodução", estão supostos a lubrificar as catracas. Acontece, no entanto, que as dinâmicas se mostram concorrentes, um pouco como se a fricção incomodasse seus movimentos conjugados. Para além das tautologias, é preciso descrever em sua pluralidade e em rivalidades as instâncias às quais os candidatos a essa legitimação têm acesso.

Pra dizer a verdade, os dois modelos poderiam ser julgados obsoletos. O que significa primeiramente a noção de arte maior desde os objetos da vida corrente, na sequência das *ready-made* de Marcel Duchamp e das caixas de sopa Campbell de Andy Warhol, penetraram no museu? Os cartazes dilacerados de Wolf Vostell, Mimmo Rotella, Raymond Hains e Jacques de la Villeglé, os dejetos acumulados por Robert Rauschenberg, Arman ou Daniel Spoerri detêm a cotação sobre o mercado da arte. Depois da pop arte e dos neorrealistas, a corrente conceitual e a *arte povera* conquistaram a crítica. Desde então, nenhuma regra seria capaz de designar de uma vez por todas as posições respectivas do ridículo e do sublime. Longe de só providenciar o pretexto ou o assunto quanto a isso, elementos retirados do acervo comum e o cenário quotidiano fornecem vocabulário e matéria à criação. Essa mutação não poderia deixar indiferentes pioneiros da cena. De Tadeusz Kantor (Théâtre Cricot) a Pina Bausch (Tanztheater Wuppertal) e, mais recentemente, de Jean-Luc Courcoult (Royal de Luxe) a Alain Platel (Ballets C. da B.), vários deles são capazes, à maneira de uma inversão *clownesca*, de extrair a graça da falta de jeito e a beleza da trivialidade, engolindo novamente ações heroicas e gestos magníficos à medida de uma vã agitação. Os estetas dos saltos, que são as pessoas de circo, falam um língua que entendem, e a recíproca é com frequência válida.

Por outro lado, desde Jean Zay, André Malraux e Jack Lang, os Ministérios se colocaram do lado dos artistas que encarnam a modernidade, pelo menos tal como os funcionários e os comissários pensam ser capazes de identificá-la. Apesar dessa reconciliação do Estado com seu tempo (segundo a fórmula cara a Jean Cassou), um artista autêntico pode certamente permanecer incompreendido, solitário e sem dinheiro. Entretanto, sua originalidade, seu gosto pela subversão e sua faculdade de provocação o ajudarão a melhor se extirpar do anonimato que viver em um excesso de conformismo. Posição adquirida ou fortuna feita, sempre haverá meio para lhe voltar à prudência conduzida do cortesão. Recusados nos salões da Academia, os pintores evocados por Jean Starobinski estavam coagidos a se comportarem como empreendedores independentes, partindo à conquista de um mercado em estágio embrionário com o apoio de raros intermediários. O cenário mudou: é a potência pública, doravante, que demonstra solidão ante os artistas voltados às pesquisas. Sem dúvida, alguns cavalgam ainda no vazio, correndo a cada passo o risco do erro e o receio da ruína. Inúmeros entre eles, todavia, balançam sobre o risco da subvenção ou saltam sobre o estrado de uma residência. Eles se aventuram sobre o fio do estilo, mas em presença do bombeiro de serviço e sob um abrigo declarado assim pela comissão departamental de segurança.

Continua sendo verdade que as disciplinas da pista desprendem mais facilmente suas partes de nobreza ao se casarem com as artes estabelecidas. De um lado ao outro, procura-se o contato, porque estas estão incorretas com relação a uma nova definição, enquanto aquelas estão em dificuldade de provar seus limites. O circo recebeu honras dos festivais, depois das revistas, depois de ter seduzido grandes nomes da coreografia (notavelmente Josef Nadj, François Verret, Ela Fattoumi e Eric Lamoureux, Francesca Lattuada, Philippe Decouflé), da *mise en scène* (Jacques Rebotier, Hervé Lelardoux, Mladen Materic, Giorgio Barbero Corsetti, entre outros), da composição (Carles Santos, Roland Auzet e Mauricio Kagel) e das artes plásticas (Daniel Buren, Christian Boltanski ou Takis). A lona, a sala de espetáculo servem de depósito ao começo entre esses modos de expressão. Eles oferecem um quadro privilegiado a uma atividade de troca que o discurso político e a crítica sábia exaltam de bom grado. O elogio do multicultural e da interdisciplinar eleva a liga e a mistura, outrora sinônimos de degeneração, na categoria de valores específicos.

Entre cachorro e lobo

O circo dito contemporâneo possui aproximadamente 20 anos, pouco mais que a idade do CNAC em suma ou a de um aluno da École Nationale de Rosny-sous-Bois. Saído sem complexo de adolescência, ele reclama uma respeitabilidade que não devia mais grande coisa a suas veneráveis ancestrais. A glória do gênero, o circo afixa sem o menor desejo de devê-la à fascinação dos anjos decaídos. Mais que inspirar mestres que estão envelhecendo uma dolorosa ou complacente meditação sobre o destino das sete artes supostas maiores, ele afaga a ambição de dar aos artistas, com toda obediência, o exemplo de uma invenção despedaçada. Resta-lhe, no entanto, um esforço a cumprir para assumir a tradição, pelo menos para conhecer o que ela tem de melhor a transmitir antes de pretender desviá-la. A identidade futura do gênero entra nesse conflito, que não se reduz ao afrontamento das gerações.

Na medida em que toda designação age sobre a ordem das classificações, a batalha faz raiva entre os partidários de apelações "circenses" e os detentores de títulos teatrais. Vários autores já observaram a determinação de Bartabas em recusar o vocabulário do circo. Batizando Zíngaro "teatro equestre", ele não somente prestou a Astley a homenagem do herdeiro, mas também conseguiu anotar em uma linha orçamentária mais bem fornecida à administração dos espetáculos que aquela da qual dependem as companhias, cada vez mais numerosas, que integram a palavra mágica a seu intitulado, como Cirque Ici, Que-Cir-Que, O Cirque, Cirque en Kit, Cirque Désaccordé, etc. Para outros, a denominação visa a adquirir um estatuto de autor através dos efeitos de assinatura, ao exemplo das outras áreas nas quais o artista se vê qualificar de "criador". O emprego do patronímico como de uma marca era corrente no circo de tradição (Zavatta, Bouglione, Gruss, Fratellini). Ainda que demonstrassem para a maior parte seu pendor para a criação coletiva e até para a vida comunitária, certos diretores e alguns autores-intérpretes (Johann Guillerm, Jérôme Thomas, Nidolauss), sem dúvida não repugnariam ao procedimento, a exemplo dos diretores e coreógrafos cujas companhias levam o nome próprio.

O reconhecimento da obra é por vezes a esse preço. Foi, por muito tempo, entendido que os artistas de circo atingem o ápice através da proeza, do circuito, da maneira, do ofício, em suma, da virtuosidade técnica em relação à qual os artesãos e os intérpretes têm a apêndice, quando os autores se singularizam pelo gênio da invenção e a potência da expressão, enfim, essa "marca da personalidade" que a jurisprudência examina na lupa. Ora, os grandes *clowns* administraram a prova de que fazer corpo com seu número pode assegurar a renomada. Ainda é preciso entrar em acordo sobre a divisão de seus dividendos. Nessa matéria, é difícil de dissipar a confusão dentro da qual o circo costuma se cercar. Podemos qualificar de obras de colaboração os espetáculos do Archaos, do Baroque ou do Plume sem atentar para os direitos respectivos de seus diretores Pierre Bidon e Guy Carrara, Christian Taguet ou Bernard Kudlak por eles indicarem o concerto prévio e a inspiração comum sem os quais seria melhor falar de manifestação e não de obra?[4] É raro dispor de um texto ou de uma partitura que poderiam favorecer um reconhecimento prévio ou posterior à apresentação, se excluirmos as fontes às quais as pessoas de circo vão buscar sua inspiração, tais como livros de Italo Calvino para os Les Colporteurs ou os Arts Sauts.

Nenhuma área da arte obteria a consagração, nenhum ramo da estética seria capaz de tirar consequência de sua autonomia fazendo a economia de um vocabulário específico e de um conjunto de referências particulares. Nesse sentido, a contribuição da crítica dramática – ou musical, ou coreográfica –, por propícia que seja ela à notoriedade dos artistas e à reputação das obras, não basta para fundar a autoridade do gênero circense. É procurando o que a escrita e a execução de um número ou de uma direção podem conter de incomparável que a crítica de circo se constitui para demarcar seu campo e fornecer ao gênero as provas de sua maturidade. Fora o New York Times que emprega um jornalista apaixonado pelo nome de Glenn Collins (o qual se define, aliás, como repórter e não como crítico), raros são ainda os órgãos da imprensa de generalidades que concedem ao circo um espaço distinto (Collins, 2001, p. 55-62). E ainda que um curso de estética do circo tenha começado em Montpellier, em 2001, ainda não se consentiu que as universidades francesas, pela sua elevação, criassem uma cadeira dedicada ao circo. Enquanto isso, críticos elétricos, igualmente atraídos pelas *performances*, pelas artes da cena, pelo vídeo e pela informática, apontam suas armas nas publicações especializadas (tais como *Arts de la piste*, editado por HorsLesMurs desde 1960) bem como nas revistas dedicadas às mudanças da cena artística, como *Théâtre aujourd'hui*, *Art press* ou *Mouvement*.

Se a exceção hexagonal vale na área do circo, isso se dá então em razão de uma concorrência de fatores entre os quais o engajamento público exerce um papel certamente determinante, mas não suficiente. A promoção de um gênero é o assunto do Ministério, que concede subsídios, selos, ordens, preços e diplomas; de seus funcionários, que redigem pareceres, estudos e relatórios; dos eleitos territoriais, que delegam as localizações e assinam cartas, contratos ou convenções. Mas é também da profissão, que se estrutura

4 Ver o artigo de Olívia Bozzoni "A obra circense em vista do direito autoral" neste livro.

em sindicatos, se reúne em congressos ou em fóruns; da crítica, que forja seus canhões; da imprensa, que consagra os sucessos; dos programadores, que abrem as grades nacionais; dos conservadores, que organizam retrospectivas; dos conhecedores, cujas coleções acabam entrando no museu; e dos amadores, cujas associações ganham em amplitude. A originalidade francesa tem em parte a proteção – muito relativa em termos financeiros, mais importante sob o aspecto simbólico – que os poderes nacionais e locais oferecem às forças artísticas capazes de produzir novas formas. Ela se presta também ao espaço que concedido às empresas tradicionais do setor comercial. Ainda que seus familiares tirem ou não disso conclusões estéticas, o circo é misto, como muitos ramos da economia.

Para compreender a atitude do Estado perante o circo, seria preciso aproximá-la daquela que faz o objeto de outras artes julgadas com certa condescendência no círculo das instituições culturais. Se os organizadores de *shows* de *rap*, de *raves tecnos* e de *free parties* se submetem ainda à suspeição de um Ministro do Interior e de alguns prefeitos e parlamentares, os tempos seriam terminados quando um *show* ieiê desencadeava a ira dos editorialistas e o furor dos políticos. Como testemunho, a evolução das autoridades ante as diferentes correntes da música popular e mesmo dos modos de expressão mais ou menos espontâneos da juventude, como a dança *hip-hop* e o grafismo. Desde o fim dos anos 1970, na falta de querer ou de poder enquadrar as práticas culturais em toda sua diversidade, os órgãos oficiais mostram na França uma faculdade crescente para se ampararem os temas e os estilos que suscitam a criatividade dos artistas e excitam a curiosidade do público.

Ao contrário, o reconhecimento público, assim que adquirido, pode se transformar no motivo de uma rejeição por parte das novas gerações de artistas atraídos pelas margens. Vinda da parte do teatro de *agit-prop*[5] e do universo de feiras em que se associou ao circo alternativo, a tribo das artes da rua conhece esse dilema. Seus representantes continuam divididos entre a necessidade de cunhar uma respeitabilidade elevada em créditos de funcionamento ou em ajudas à produção e o desejo de sustentar uma independência custosa em acervos próprios, como em conforto pessoal. Na matéria, tudo já estava dito, ou quase, por Jean de La Fontaine, ele mesmo adepto do registro menor dos contos e ditados, na fábula *Le Loup et le Chien*, tomada de empréstimo às "mentiras de Esopo", bem como uma ampla parte de sua obra (La Fontaine, 1993a, p. 44).

[5] *Agit-prop*: modo de ação baseado na agitação política, praticada por militantes. (N.T.).

O Lobo já se forja uma felicidade
Que o faz chorar de ternura.
A caminho, ele viu o pescoço do cachorro pelado.
- O que está aí?, lhe diz ele.
- Nada. - Quê! nada?
- Pouca coisa.
- Mas de novo (ainda)? - A coleira à qual estou atado
Daquilo que você vê, talvez seja ela a causa. (
La Fontaine, 1993b, p. 10-11)

Tendo ouvido o aviso, o lobo da fábula ainda corre. Assim também o circo estará sempre tentado a pegar a tangente, quaisquer que sejam os lisonjeiros com os quais o gratificamos. Pois definitivamente seus intérpretes preferem as incertezas do estado nômade às seguranças das situações de repouso. Como a margem residiria no centro? A circularidade da pista se presta a redondezas regulares. As forças centrífugas não continuarão a dominar menos. No risco da arte.

Referências

ABIRACHED, Robert. Cirque. In: WARESQUIEL, Emmanuel de (Dir.). *Dictionnaire des politiques culturelles de la France depuis 1959*. Paris: Larousse, 2001.

ABIRACHED, Robert. *Tu connais la musique*. Paris: Stock, 1971.

BOURDIEU, Pierre. *La Distinction, critique sociale du jugement*. Paris: Minuit, 1979.

BOURDIEU, Pierre. *Les Règles de l'art*. Gênese et structure du champ littéraire. Paris: Seuil, 1992.

CALAFERTE, Louis. Un riche, trois pauvres. In: *Théâtre complet*, t. III. Saint-Claude-de-Diray: Hesse, 1994.

CIRET, Yan. (Dir.). *Le Cirque au-délà du cercle*, n. 20, Paris: Art press, 1999.

COLLINS, Glenn. Il circo americano e il quarto stato. In: CRISTOFORETTI, Gigi; SERENA, Alessandro (Dirs.). *Il circo e la scena. La Biennale di Venezia*, v. 5, 2001.

FELLINI, Federico. *Fare un film*. Turin: Einaudi, 1980.

FLAUBERT, Gustave. *Dictionnaire des idées recues*. Publicação póstuma, 1911. Paris: reed. Club Français du Livre, 1958.

FRED. *Le petit cirque*. Paris: Dargaud, 1973.

GENET, Jean. *Le Funambule*. Paris: L'Arbalète, 1958. Reed. In: *Oeuvres completes*, t. V. Paris: Gallimard, 1979.

KRIS, Ernst; KURZ, Otto. *L'image de l'artite. Légende, myth et magie* (1979). Marseille: Rivages, 1987.

LA FONTAINE, Jean de. *Contre ceux qui ont le goût difficile*. In: *Fables*, livro II. Paris: Éd. de La Fontaine au roy, 1993a.

LA FONTAINE, Jean de. *Le loup et le chien*. In: *Fables*, livro I. Paris: Éd. de la Fontaine au roy, 1993b.

LOUETTE, Jean-François. Beckett: um théâtre de l'ennui? In: *Les temps modernes*, n. 611-612, dez. 2000 e jan.-fev. 2001.

MACE, Gerard. *L'art sans parole*. Paris: Le Promeneur, 1999.

SARTRE, Jean-Paul. *L'idiot de la famille*. Paris: Gallimard, 1972.

STAROBINSKI, Jean. *Portrait de l'artiste en saltimbanque*. Geneve: Skira, 1970. Reed. Paris: Flammarion "Champs", 1983.

THÉÂTRE AUJOURD'HUI, no. 7, Paris: CNDP, 1998.

WALLON, E. La chose publique en piste. In: GUY, Jean-Michel (Dir.). *Avant-Garde, cirque! Les arts de la piste en révolution*. Paris: Autrement, 2001.

POSFÁCIO
Na escola da pista

Robert Abirached
Tradução: Ana Alvarenga

Se nos ativermos à imagem mais comumente admitida do circo, ele só teria a ver com a educação física e esportiva: de toda evidência, sua tradição privilegia a *performance* e a proeza, justapondo números que fazem mostra de virtuosidade em diversas disciplinas. Por falta de recordes e de competições, ele oferece uma escala bem estabelecida das dificuldades na concepção e na execução das tarefas e mantém em dia uma história das inovações e dos progressos em cada uma das técnicas que coloca em evidência.

O que, no entanto, aproximaria o circo do teatro, considerado como uma arte na qual, das imagens da representação, nasce uma outra visão do mundo e dos homens, é, à primeira vista, o lugar que ele dá aos números de *clowns*, herdeiros de um cômico popular imemorial, de Plaute à comédia dell'arte e do teatro de feira à pantomima do século XIX: a pista exibe assim os mil e um estados das relações mestre e valete, carrasco e vítima, rico e pobre, mas também as aventuras burlescas e derrisórias dos homens às voltas com os objetos, desfeitos pela sociedade, ridicularizados pela vida. Por outro lado, poderíamos notar que o circo sempre alternou em suas cenas de virtuosidade, *performances* físicas e proezas mentais, se quisermos admitir de verdade que o adestramento dos animais aparenta-se a um procedimento intelectual, quiçá poético, que introduz o animal em um universo de jogo, no qual ele faz os papéis do adversário, do cúmplice ou do rival de seu presumido mestre, com o risco sempre renovado dos fracassos da aprendizagem ou dos imprevistos da execução.

Entretanto, tudo isso não permite designar a prática do circo como ferramenta de aprendizagem artística. É preciso ir mais longe e ousar outra aproximação com o teatro, tal como ele foi mais ou menos claramente formulado há cerca de duas décadas por uma nova geração de circenses. Perceberíamos então que o teatro moderno interessou-se ao longo de todo o século XX à linguagem do corpo e reivindicou, sem parar, operar as capacidades de expressão do gesto, do movimento e da voz, tanto quanto e mais que os recursos da palavra articulada. Apesar de uma tradição tenaz, que habituou os espectadores de teatro a privilegiar a emoção de caráter psicológico e a produção de um sentido útil, as propostas avançadas outrora por Gordon Craig, Adolphe Appia e os iniciadores da dança moderna estão completamente integrados na cena de hoje. Tanto que se pode evidenciar, a serviço da educação artística, uma pedagogia da expressão corporal da qual o circo é um dos adeptos, como não deixaram de observar certos reformadores da cena, como Vsevolod Meyerhold ou Jacques Copeau.

O corpo no trabalho

Sem refazer a história da representação nos tempos modernos nem passar em revistas as etapas de irrupção do corpo na cena europeia, guardemos três definições da gramática corporal que podem nos ser úteis aqui.

Eis primeiramente Meyerhold que, nos anos 1920, quis reatar explicitamente com um teatro puramente teatral, que não conta nada além dele mesmo que saiba assumir todas as convenções do espetáculo. É observando os acrobatas, os funâmbulos, os mostradores de marionetes, mas também os esportivos e os campeões da corrida ou do lançamento de pesos que Meyerhold estabeleceu o assinalamento do ator dos novos tempos, que trabalha com seu corpo, modelado por pacientes exercícios e por uma aplicação contínua do esforço muscular, de tal maneira que ele se assimilou a função performativa e espetacular da tradição feirante. Estabelecendo as regras da biomecânica, o diretor tem efetivamente consciência de reatar com os valores populares, que sempre integraram as diversas dimensões do que Mikhail Bakhtine chamou o "baixo corporal", mas ele quer, na mesma ocasião, lançar as bases de um teatro definitivamente materialista, em consonância com os objetos de uma revolução que pretende construir de um homem inteiramente novo. Aqui, a emoção nasce da sensação corporal, ela mesma preparada, provocada e modelada por exercícios que supõem aptidões acrobáticas e um trabalho coletivo. A estilização e a racionalização do movimento, em Meyerhold, querem refletir um outro modo de vida e oferecer ao mundo do trabalho sua expressão privilegiada.

Segundo exemplo, Antonin Artaud, para quem não se trata de se afundar na espessura da matéria negando ao espírito ou à alma sua existência e seus direitos, mas de atravessar essa matéria por um gesto metafísico, para atingir uma verdade não nomeada do mundo e uma reconciliação do homem com seu pensamento. Ligada à sua história pessoal, a pesquisa de Artaud não é menos importante que isso para o teatro mesmo. Sua teoria, inspirada no início pelos dramaturgos extremo-orientais, é preocupada antes de tudo em reconstituir o trajeto físico das emoções através do emaranhado dos nervos e o traçado do aparelho muscular. Ela quer ajudar a nascer um ator que seja um "atleta afetivo", para quem a *performance* corporal represente o sinal e a manifestação de uma experiência moral, de uma emoção que abale todo o ser, sem nenhuma palavra, como percebemos através da prática de certas artes marciais.

Terceiro exemplo, enfim, a formação do ator, tal como a entendeu Jacques Copeau e a colocou em prática, com os atores itinerantes, Leon Chancerel: não se trata aqui, de excluir a linguagem, mas o texto só pode ser servido a partir de um conhecimento e de um domínio do corpo e do movimento obtidos por uma prática intensa do jogo mascarado, da improvisação, da pesquisa do ritmo e do trabalho com a voz. O corpo, portador de uma expressividade extremamente rica, é uma ferramenta capital colocada à disposição do poeta, como o queriam Emile Jaques-Dalcroze e Paul Claudel. Acrescentarei que é a partir dessas premissas que Etienne Decroux e depois Jacques Lecoq construíram sua pedagogia. Eu os cito aqui para saudar sua memória e a excepcional contribuição ao teatro de hoje, ainda que eles só de longe digam respeito ao nosso assunto: ninguém mostrou melhor que eles a capacidade imaginativa e poética do corpo humano.

Uma nova relação com o mundo

Se, com toda evidência, o circo e o teatro podem ter em comum um semelhante vocabulário corporal, é igualmente certo que os ensinos artísticos introduzidos nos colégios e ginásios não visam preparar futuros profissionais para os ofícios do espetáculo: trata-se então de definir o que se pode esperar da prática das técnicas circenses para a formação da personalidade dos adolescentes. Eu responderia com uma palavra, sem nenhuma hesitação: elas são suscetíveis de favorecerem um novo uso do mundo, que rompe com as percepções costumeiras e os trâmites dominantes.

A prática do circo introduz primeiramente uma relação singular com o tempo e o espaço: o artista é chamado a se mover em um universo de ficção, que não reproduz nem os lugares da sociedade nem as configurações da natureza. A pista é fechada sobre si mesma, dentro de um círculo que limita os deslocamentos e canaliza os conflitos. Os objetos que ali se encontram são artificiais (elaborados por inteiro para a ocasião) ou deslocados de seu uso ordinário. Acrobatas, funâmbulos, *clowns*, domadores encenam. Cenas sucedem-se, cuja temporalidade não remete a nenhuma referência exterior. Ações arbitrárias se interligam, que animam tantas sequências de ficção, sem que se coloque a questão do sentido ou do objetivo perseguido. Assiste-se a uma verdadeira reviravolta da natureza, metodicamente privada de seus pontos de referências e de suas bússolas.

É verdade que o circo limita ordinariamente sua ambição ao êxito de seu jogo, cujos valores diretores são a virtuosidade, a perfeição do gesto, o desafio lançado à dificuldade e o gosto pelo extremo. Mas ele propõe a quem o pratica uma primeira aprendizagem, que é essencial: o do risco a se correr, que só pode ser assumido pelo trabalho, que é o único a promover o rigor do gesto, a exatidão do movimento, a força da atenção. Sim, tudo aqui é ficção, mas tudo leva constantemente à realidade: assim que se entra na pista, sabe-se que pelo menor erro, pela mais ínfima negligência, pela menor sombra de desenvoltura pode-se pagar muito caro, em pesadas perdas e, por vezes, irreversíveis. O funâmbulo nunca perde uma percepção aguda de seu corpo, mas essa intensidade, ela mesma, da consciência, é oriunda (e pode fazer o objeto) de uma aprendizagem precisa. A partir dessa disciplina, que se impõe a todo número de circo, é possível fazer nascer e controlar emoções fortes, suscitar imagens impactantes e belas, fazer surgir surpresa e distúrbio: em uma palavra, ter acesso à ordem do simbólico, que é o da arte, como o compreenderam jovens circenses, cada vez mais numerosos. A arte, por assim dizer, é aqui dada a mais, após uma dura passagem pela humildade e pela austeridade do esforço.

Os frutos de um ensino

Além do prazer do jogo e do orgulho das proezas efetuadas, que crescem à medida que aumenta a aquisição de *savoir-faire* de ponta, o ensino das práticas do circo oferece aos adolescentes verdadeiras lições de vida, entre as quais é preciso reconhecer aquelas que são difíceis, hoje, de distribuir em termos de moral normativa. Tal aprendizagem, de tanto que ela implica domínio de si mesmo e de perseverança, é uma escola de energia e de disciplina, que aguça ao mesmo tempo a percepção de si e a atenção em relação ao mundo exterior. Ele persegue o mais ou menos, a prática do blefe, a inexatidão. Ele incita a melhor governar sua relação com o outro e a respeitar as tarefas e as responsabilidades de cada membro do grupo. Eis, em uma palavra, que vai, segundo toda aparência, ao encontro das incivilidades das quais se tem tanto a se queixar hoje, da facilidade de que tanto nossa sociedade é desejosa, do desprezo pelo esforço e pelo trabalho que se diz tão fortemente em voga.

Mais subitamente, o ensino do circo permite aos adolescentes fazerem a experiência íntima dessa outra relação com o tempo e o espaço da qual falei anteriormente e, mais tarde, passearem entre ficção e realidade em toda consciência das coisas. Torna-se a eles igualmente possível se livrar dos modelos dominantes e experimentar outros códigos de comportamento além daqueles que são impostos pela vida social.

Faltaria estabelecer as grandes linhas de uma didática, interdisciplinar por definição, que sejam capazes de programar e de conduzir bem tal ambição pedagógica. Como formar os formadores para tirar o melhor proveito das possibilidades assim oferecidas? É uma tarefa tão difícil quanto urgente, a que é praticada hoje em diversos lugares. Se ela devesse fracassar ou ser abandonada durante seu curso, ao longo do caminho, seria sem dúvida mais sábio restringir o ensino do circo na escola no domínio do esporte, no qual não faltam professores competentes e atentos.

Robert Abirached

Professor emérito da Université Paris-X-Nanterre. Escritor, publicou *La crise du personnage dans le théâtre moderne* (reedição Gallimard, Paris, 1994) e *Le théâtre et le prince* (Plon, Paris, 1992). Antigo diretor do setor do Teatro e dos Espetáculos do Ministério da Cultura francês de 1981 a 1988, esteve na origem da fundação do Centre National des Arts du Cirque (CNAC).

AS FONTES DA PESQUISA

Caroline Hodak-Druel

A fim de aperfeiçoar seu saber, inspirar suas criações ou aguçar suas análises do circo, pesquisadores, profissionais, amadores, críticos e grande público mobilizam de modo variado documentos de pesquisa ou de informação. Para aqueles que recorrem a tais fontes, o conhecimento do universo circense passa então por suportes que revelam tanto a gênese de um espetáculo quanto as escolhas estéticas de um artista, as obrigações administrativas de uma instituição ou mesmo os elementos de comunicação e referências características de uma marca. Todavia, ver o vídeo de um espetáculo é hoje uma prática mais corrente que consultar arquivos ou estudar a iconografia de uma apresentação.

Pelo fato de as fontes da pesquisa serem desconhecidas, HorsLesMurs reuniu, quando do colóquio "Le cirque au risque de l'art", uma mesa redonda com os representantes de sete instituições que conservam acervos ligados quase que exclusivamente ao circo. Françoise Billot (Livraria Bonarparte), Zeev Gourarier (Musée National des Arts et Traditions Populaires), Noëlle Guibert (Biblioteca Nacional da França), Anne-Laure Mantel (HorsLes-Murs), Catherine Nardin (Centre National des Arts du Cirque) e Colette Scherer (Biblioteca Gaston-Baty) apresentaram recursos próprios a seus estabelecimentos e contribuíram com o debate que seguiu.

A lista dos lugares de pesquisa a seguir não é em nada exaustiva. Além dos sete estabelecimentos citados, ela evoca algumas instituições escolhidas pela originalidade ou pela importância de seus acervos. Além do mais, o Ministério da Cultura empreendeu desde 1998 a constituição de um repertório das artes do espetáculo do qual saiu uma base de dados sobre o patrimônio dessas artes na França (www.culture.gouv.fr). Sobre as 520 notícias repertoriadas até hoje (1500 no final), 117 apresentam acervos relativos ao circo. É possível conhecer a natureza das fontes graças a fichas de sinalização, por vezes muito detalhadas. Essa base de dados oferece uma visão preliminar da quantidade, da variedade e da riqueza dos documentos e objetos de toda natureza relativos ao circo que pertencem ao patrimônio nacional. Por outro lado, essas informações sublinham de forma menos encorajadora o quanto essas fontes estão dispersas e inexploradas.

Sem dúvida já era tempo para que o circo, por sua vez, dispusesse de um catálogo razoável de obras de arte ou de iconografia, que as diferentes instituições de conservação conhecessem melhor as riquezas dos outros e que, sobretudo, essas fontes fossem cada vez mais utilizadas. Um melhor domínio dos acervos e dos lugares de pesquisa encorajaria seguramente inúmeros trabalhos e permitiria evitar *écueils,*[1] quiçá voltar a certas ideias recebidas, abrindo novos campos, novos domínios e articulando documentos muitas vezes inéditos.

BIBLIOTECA NATIONAL DA FRANÇA (Bibliothèque Nationale de France - BNF)
DEPARTAMENTO DAS ARTES DO ESPETÁCULO
(Département des Arts du Spectacle)
1, rue Sully 75004 Paris
Telefone : 33 (0)1 53 79 39 39 email: arsenal@bnf.fr
Fax: 01 42 77 01 63
Site na Internet: www.bnf.fr

Ao mesmo tempo bibliofílico e documentário, o acervos Auguste-Rondel do desenvolvimento das artes do espetáculo reúne obras, artigos de imprensa, folhetos e programas a partir de um espetáculo ou de um sujeito. São 800.000 peças que tratam das artes do espetáculo na França e no exterior, bem como domínios vizinhos tais como a história, a crítica literária e o figurino. O Departamento das Artes do Espetáculo tem notadamente uma vasta coleção de cartazes de circo repertoriados, mas também numerosas litografias. Outros departamentos da BNF conservam igualmente fontes ligadas ao circo, seja em Estampas (*site* Richelieu), seja em Impressos (*site* Tolbiac), indo do final do XVIII século até nossos dias de hoje.

1 Pedra no mar que provoca naufrágio se encalhar. (N.T.).

MUSÉE NATIONAL DES ARTS ET TRADITIONS POPULARIES (MNATP)
6, avenue du Mahatma-Gandhi
75116 Paris cedex
Telefone: 01 44 17 60 00
Fax: 01 44 17 60 60

O MNATP reagrupa vários departamentos que conservam fontes muito extensas sobre o circo. A biblioteca, a iconoteca, o departamento dos arquivos, da música e o dos objetos (figurinos, acessórios, maquetes, cenários, carros alegóricos) permitem ali encontrar todos os suportes arquivísticos, documentários e materiais. Importantes acervos de colecionadores (Dauven, Soury, Thétard) estão repartidos entre esses departamentos. Cerca de 2.000 obras sobre o circo, milhares de programas, fotos (acervo de Jérôme-Médrano, com 12.000 tiragens sobre o circo) e cartões postais, livros de contas, cartazes e uma rica iconografia (acervo das irmãs Vesque) estão divididos em função de sua especificidade, cobrindo o final do XVIII século até os dias de hoje.

CENTRE NATIONAL DES ARTS DU CIRQUE (CNAC)
Centre de documentation
1, rue du Cirque – 51000, Châlons-en-Champagne
Telefone: 03 26 21 12 43
Fax: 003 26 21 80 38

Abrigando a École Supérieure des Arts du Cirque (ESAC), o CNAC é, antes de tudo, consagrado à pedagogia do circo e ao conhecimento de sua prática. Centro de documentação dedicado aos alunos, mas também aberto ao público, o CNAC conserva desde 1985 documentos de difusão: cerca de 800 cartazes e 800 programas, aproximadamente 4.300 livros sobre o circo, dos quais 2.000 fotografias dos anos 1950 a 1970 e mais de 150 fotografias contemporâneas; aproximadamente 1.400 cartões postais e cerca de 1.500 gravações audiovisuais e 250 fitas de vídeo do Festival du Cirque de Demain. Alguns figurinos dos últimos espetáculos ou os planos de materiais insólitos pertencem a ele também.

HORS LES MURS
CENTRO DE DOCUMENTAÇÃO
68, rue de la Folie-Méricourt
75011 Paris
Telefone: 01 55 28 10 11
Sites na Internet: www.horslesmurs.asso.fr / www.circostrada.org

Centro de recursos exclusivamente consagrado às artes do circo e às artes da rua, HorsLesMurs faz elo entre o Ministério da Cultura, os profissionais e os públicos interessados. Sua documentação ocupa uma posição privilegiada do ponto de vista das fontes contemporâneas, em particular sobre tudo o que toca à produção dos espetáculos (*kits* de imprensa, documentos administrativos e correspondências), à sua divulgação (700 fitas de vídeo), às políticas nacionais e territoriais que foram traçadas por esses setores. O catálogo compreende quase 1.000 livros, 80 revistas e periódicos, bem como numerosos trabalhos de pesquisa inéditos. HorsLesMurs edita um *Annuaire des Arts de piste* (bienal), a revista trimestral *Arts de la piste*, bem como um boletim destinado à profissão, disponível para consulta nos seus dois *sites* na Internet, dos quais um é trilíngue (francês/inglês/espanhol).

BIBLIOTECA GASTON-BATY
Institut d'études théâtrales, Université Paris-III
13, rue Santeuil
75231 Paris cedex 05
Telefone: 01 45 87 40 59
Fax: 01 45 87 40 61
Site na Internet: www.bucensier.univ-paris3.fr

O acervo documentário dessa biblioteca é consagrado ao teatro e às artes do espetáculo (livros, manuscritos, discos, CD-ROMs, folhetos, programas). *Kits* de imprensa e trabalhos de pesquisa inéditos constituem um dos pontos fortes deste lugar, assim como o acervo Pierre-Féret, essencialmente baseado no circo, que comporta cerca de 2.000 documentos escritos, antigos ou muito raros. O *Catalogue raisonné du fonds Pierre-Féret de la bibliothèque Gaston-Bary*. Permite realizar consultas com facilidade.

ARQUIVOS DE PARIS
18, bd Sérurier
75019 Paris
Telefone: 01 53 72 41 23
Fax: 01 53 72 41 34

Os arquivos de Paris conservam acervos específicos de própria instituição, como os documentos administrativos de autorização ou de controle das instalações, as fichas de estado civil de numerosos membros de famílias de circo e também contratos de trabalho, plantas de arquiteturas e muitos cartazes. Particularmente original para um estabelecimento de arquivos, o acervo Haynon conserva livros e notas manuscritas tiradas de livros antigos sobre o circo, assim como documentos iconográficos e documentos escritos destinados à redação de um dicionário dos artistas de circo.

LIVRARIA BONAPARTE
31, rue Bonaparte
75006 Paris
Telefone: 01 43 26 97 56
Fax: 01 43 29 44 65

É uma das livrarias parisienses mais dedicadas às artes do espetáculo e tem papel crucial para acessar o mercado das numerosas obras sobre o circo que se tornam inacessíveis e raramente reeditadas. Sua especificidade é a edição anual de um catálogo que compila os livros de circo disponíveis ou passíveis de serem encomendados à livraria.

OUTROS ESTABELECIMENTOS

Entre os estabelecimentos que ainda detêm numerosos acervos inexplorados, os arquivos municipais e departamentais têm por vezes caixas inteiras de documentos pelos quais ninguém nunca se interessou. A Bibliothèque de l'Opéra de Paris (situada no Palácio Garnier) possui muitas peças, algumas delas muito raras. Instituições como o Musée Picasso, o Musée d'Orsay, o Musée des Beaux-Arts de Reims, o Musée Municipal Frédéric-Blandin, em Nevers, conservam numerosas obras de arte consagradas ao circo, às vezes catalogadas com precisão. Enfim, lugares tão variados como o Etablissement Public du Parc et de la Grande Halle de la Villette, o Musée do l'Éventail, os arquivos da Assistance Publique-Hôpitaux de Paris, o Théâtre Silvia-Monfort, etc., que têm como ponto em comum guardar documentos relativos ao circo, à sua história, a seu funcionamento, seus artistas e seu público.

BIBLIOGRAFIA SUMÁRIA

ADRIAN. *Cirque parade*. Paris: Solar, 1974.

AUGUET, Roland. *Histoire et légende du cirque*. Paris: Flammario, 1974.

BARRIER, Robert. *Grand répertoire illustré des cirques en France 1845-1995*. Crépy-en-Valois: chez l'auteur, 1997.

BEGADI, Bernard; ESTOURNET, Jean-Pierre; MEUNIER, Sylvie. *L'autre cirque*. Paris: Mermon, 1990.

BILLAUD, Antoine; ECHKENAZI, Alexandra; LÉON, Michel. *Droit de cité pour le cirque*. Paris: Le Moniteur, 2001. (Guides juridiques).

BOUISSAC, Paul. *Circus and culture*. Bloomington: Indiana University Press, 1973.

COUTET, Alex. *La vie du cirque*. Grenoble: Arthaud, 1978.

DENIS, Dominique. *Le dictionnaire illustré des mots usuels et locutions du cirque*. Paris: Arts des deux mondes, 1997-2001. 3 v.

DUPAVILLON, Christian. *Architectures du cirque*. Paris: Le Moniteur, 1982. reed. 2001.

FORETTE, Dominique. *Les arts de la piste: une activité fragile entre tradition et innovation*. Paris: Conseil Économique et Social, JO, 1998.

GRÜND, Françoise. *La ballade de Zíngaro*. Paris: Chêne, 2000.

GIRET, Noëlle. (Dir.). Des clowns. *Cahiers d'une exposition*, n. 35, Paris: Bibliothèque Nationale de France, 2001.

GUY, Jean-Michel. Les arts du cirque em 2000. *Chroniques de l'AFAA*. Paris, reed. 2001.

GUY, Jean-Michel. (Dir.). *Avant-Garde, cirque! Les arts de la piste en révolution*. Paris: Autrement, 2001.

HOFFMAN, Natacha; BAULIER, Ariane. *Quel cirque? Des écoles à la piste*. Paris: Alternatives, 1999.

HOTIER, Hugues. *Le vocabulaire du cirque et du music-hall en France.* Tese de doutorado – Université Paris-VIII, Paris, 1972.

JACOB, Pascal. *Le cirque. Regards sur les arts de la piste du XVIe siècle à nos jours,* catálogo da exposição de Boulogne-Billancourt, Paris: Plume, 1996.

JACOB, Pascal. *La grande parade du cirque.* Paris: Gallimard, 1992. ("Découvertes"). Reed. 2001 com o título Le Cirque à la croisée des chemins.

JACOB, Pascal; RAYNAUD DE LAGE, Christophe (fotos). *Les achobates.* Paris: Magellan & Cie, 2001.

JACOB, Pascal; RAYNAUD DE LAGE, Christophe (fotos). *Les clowns.* Paris: Magellan & Cie, 2001.

JACOB, Pascal; RAYNAUD DE LAGE, Christophe (fotos). *Les ecuyers.* Paris: Magellan & Cie, 2001.

JANDO, Dominique. *Histoire mondiale du cirque.* Paris: Paris, 1977.

LE CIRQUE AU-DELA DU CERCLE. Número especial de Art press, coordenado por Yan Ciret, n. 20, setembro de 1999.

LE CIRQUE CONTEMPORAIN. La piste et la scène. In : *Théâtre aujourd'hui* n. 7, CNDP, Ministério da Cultura e da Comunicação (MNERT) da França, Paris, 1998.

LE CIRQUE, TEXTS ET DOCUMENTS POUR LA CLASSE (tdc). Centre National de Documentation pédagogique, Paris, 2001.

LES ECRITURES ARTISTIQUES. UN REGARD SUR LE CIRQUE. Atas do seminário realizado no CIRCA, em Auch, em novembro de 1998. Centre National des Arts du Cirque, Châlons-en-Champagne, 1999.

LÉVY, Pierre Robert. *Les Fratellini: trois clowns legendaries.* Arles: Actes Sud, 1997.

LEYDER, Christian. *Histoire du cirque français de 1960 à 1990.* Paris: chez l'auteur, 1991.

LEYDER, Christian. *Le cirque contemporain en France (1991-1996.* Paris: chez l'auteur, 1996.

LOISEL, Gustave. *Histoire des menageries de l'Antiquité à nos jours.* Paris, 1912.

MAUCLAIR, Dominique. *Un jour au cirque.* Paris: Bordas, 1996.

PARET, Pierre. *Le cirque en France. Erreurs passées, perspectives d'avenir.* Sorvilliers, 1993.

PATRICK, Ian. *Archaos, cirque de caractère.* Paris: Albin Michel, 1990.

RÉMY, Tristan. *Entrées clownesques.* Paris: l'Arche, 1962.

RÉMY, Tristan. *Les clowns.* Paris: Grasset, 1945.

ROMAIN, Hippolyte. *Histoire des bouffons, des augustes et des clowns.* Paris: Joëlle Losfeld, 1997.

SCHOELLER, Francis; SCHOELLER, Danielle. *Métiers et arts du cirque.* Le Cirque de Paris, 1997.

THÉTARD, Henry. *La merveilleuse histoire du cirque (1947),* com o complemento "Le Cirque depuis la guerre", por DAUVEN, L.-R. Paris: Julliard, 1978.

ZAVATTA, Catherine. *Les mots du cirque.* Paris: Belin, 2001.

Revistas

Arts de la piste, HorsLesMurs, Paris, desde 1996.

Cirque(s) aujourd'hui no. 21-22, especial "Ano das Artes do Circo", outubro de 2001.

Le Cirque dans l'univers, Club du cirque, Paris, 1949 a 1998.

Revue française du cirque (Cahiers Tristan Rémy), 1955-1961.

OS AUTORES

Béatrice Picon-Vallin

Diretora de pesquisa no Centre National de la Recherche Scientifique (CNRS) e Laboratoire des Arts du Spectacle. Autora de inúmeros livros e artigos sobre as disciplinas da cena, publicou *La Scène et les images* ("Les voies de la création théâtrale", v. 21, CNRS, Paris, 2001) e a reedição dos *Ecrits sur le théâtre* (v. 1) de Vesevolod Meyerhold (L'Age d'homme, Lausane, 2001).

Caroline Hodak-Druel

Doutoranda em história na École des Hautes Études en Sciences Sociales (EHESS), ligada ao Laboratório de Ciências Sociais da ENS. Concluiu sua tese *Du théâtre équestre au cirque. Spectacles, sociabilités e commercialisation des loisirs en France et en Angleterre, 1750-1850* e publicou vários artigos sobre assuntos ligados a essa temática. Ela coordenou o colóquio Le Cirque au Risque de l'Art para HorsLesMurs.

Christine Hamon-Siréjols

Professora de estudos teatrais na Université Lyon-II, é autora de *Construtivisme au Théâtre* (CNRS, Paris, 1992). Membro do Laboratoire des Arts du Spectacle, colaborou com as obras coletivas: *Du cirque au théâtre* (L'Age d'homme, Lausanne, 1983) e *Le cirque contemporain, la piste et la scène* (*Théâtre aujourd'hui,* CNPD, Paris, 1998).

Christophe Martin

Colabora com várias revistas, como *Les Saisons de la Danse*, onde dirige, como redator-chefe delegado, os números *hors-séries* e cadernos especiais dedicados às coreografias contemporâneas. Publicou o *Guide des métiers de la danse* (Cité de La Musique, Paris, 1997) e um ensaio sobre Forsythe (*Forsythe, refondateur imprévisible*, edições Les Saisons de la danse). É também conselheiro artístico para a dança no teatro L'Étoile du Nord, em Paris, e diretor do festival Faits d'Hiver – Danses D'auteur.

Corine Pencenat

Professora na École Supérieure des Arts Décoratifs de Strasbourg e na Université Marc-Bloch. Trabalhou também no Centre National des Arts du Cirque (CNAC) e publicou diversos artigos relacionados ao circo.

Denys Barrault

Médico do esporte, médico no Centre National des Arts du Cirque (CNAC) e antigo médico-chefe do Institute National du Sport et de L'Education Physique (INSEP). Coordenador científico dos seminários ACROTRAMP e diretor da revista *Cinésiologie*, é também membro da Societé Française de Médecine du Cirque.

Emmanuel Wallon

Mestre de conferências em Ciências Políticas na Université Paris X–Nanterre, professor encarregado de cursos no Centre d'Études Théâtrales de Louvain-la-Neuve (Bélgica) e ex-presidente da HorsLesMurs. Dirigiu com notoriedade: *L'Artiste, le prince. Pouvoirs publics et création* (Presses Universitaires de Grenoble, 1991); *Le temps de l'artiste, le temps du politique* (com B. Masson, *Les Cahiers du Renard*, nº15, Paris, dezembro de 1993) e *Théâtre en pièces. Etudes théâtrales*, Louvain-la-Neuve (Bélgica), nº13, maio de 1998. Atualmente é membro do Instituto Tecnológico de Massachusetts (MIT).

Floriane Gaber

Coordenou o Centre de Recherche sur les Arts de La Rue (CRAR) e a revista *Rues de l'Université* no *Institut d'Études Théâtrales de l'Université de Paris-III*, onde lecionou. Jornalista, pesquisadora, prepara uma obra sobre as artes de rua na França nos anos 1970, para a qual um dossiê foi dedicado, sob sua direção, em *Rue de La Folie* n. 8 (verão 2000).

Francesca Lattuada

Coreógrafa. Criou sua companhia Festina Lente em 1990 e produziu numerosos espetáculos, entre os quais *Zirkus, le testament d'Ismaël Zotos, La Donna è móbile*. Coreografou também espetáculos de rua em Estrasburgo, Annecy, Metz e recentemente trabalhou com a 21ª turma do CNAC.

Gwénola David

Economista e cientista da política de formação, crítica desde 1996. Escreve em *Mouvement*, *La Terrasse*, *La Tribune* e *Les Saisons de La Danse* e prepara um estudo sobre a economia do circo.

Jean-Christophe Hervéet

Dirige o *Cirque du Docteur Paradi*.

Jean-Marc Lachaud

Filósofo e professor de estética na Université de Metz. Publicou diversas obras e artigos dedicados à teoria da arte e às práticas artísticas no século XX. Dirigiu igualmente diversas publicações coletivas, entre as quais *Art, culture et politique*, pela Presses Universitaires de France, em 1999, e *Bertold Brecht* para a revista *Europe* em 2000. É ainda membro do comitê de redação de *Mouvement*.

Jean-Michel Guy

Engenheiro de pesquisa no Departamento dos Estudos e da Prospectiva do Ministério da Cultura francês e doutor pela École des Hautes Etudes em Sciences Sociales, onde escreveu uma tese sobre a recepção do malabarismo. Autor de várias obras sobre os públicos dos espetáculos, colabora regularmente com a revista *Arts de la Piste*. Publicou *Les arts de la piste en France en 2001*, crônicas da associação francesa de ação artística, e organizou o número da revista *Autrement, Avant-Garde, Cirque! Les Arts de la Piste en Révolution*, publicada em novembro de 2001.

Martine Maleval

Professora de liceu e doutoranda em estética na Université Paris-VIII, onde defendeu uma tese sobre o "novo circo". Publicou diversos artigos sobre as artes do espetáculo em obras coletivas e revistas especializadas.

Olivia Bozzoni

Doutora em direito, especializada em direito da propriedade literária e artística e em direito do espetáculo. Ela intervém na École National Supérieure des Artes et Techniques du Théâtre (ENSATTT), no Conservatoire National Supérieur d'Art Dramatique (CNSAD), na École de Danse de l'Opera National de Paris, no Centre National de la danse (CND), no Conservatoire National Superieur de Musique et danse (CNSMD) de Lyon e no curso Florent, nas universidades Lyon-II e Paris-X.

Philippe Goudard

Artista de circo, codiretor da companhia Maripaule B. e Philippe Goudart. É autor da tese em medicina *Bilan et perspectives de l'apport médical dans l'apprentissage et la pratique des arts du cirque en France* (*Síntese e perspectivas de suporte médico na aprendizagem e na prática das artes do circo na França)*. Escreveu diversos artigos sobre o tema circo. É pesquisador em artes cênicas na Université Montpellier-III sob a direção de Gérard Lieber.

Raffaele De Ritis

Crítico e diretor, foi assistente de Jérôme Savary, depois de Arturo Brachetti e coordenador artístico de numerosas manifestações e programas de circo. Coautor de *Florilegio* (1989), trabalhou em Moscou para o Cirque d'Etat, em Montréal para o Cirque du Soleil e na Broadway, onde criou *Barnum Kaleidoscope* (1999). Ensinando a interpretação de teatro e de circo, ele integra a Comissão para as Artes do Circo no Ministério da Cultura italiano.

Sophie Basch

Professora de literatura francesa na Université de Haute-Alsace (Mulhouse). Após o estudo dos avatares das duas grandes correntezas da sensibilidade romântica que foram o "filenelismo" (*Le mirage grec*, Paris; Hatier, 1995) e a "loucura veneziana" (Paris-Venise, 1887-1932, Champion, 2000), seu interesse para o circo se inscreveu no quadro de uma reflexão histórica sobre as paixões do século XIX. Seu interesse para a recepção literária dos *clowns* irlandeses Hanlon-Lees foi publicado no livro *La vie romantique*, nas Presses de La Sorbonne, em 2002. No quadro da edição completa da obras crítica de Barbey d'Aurevilly, nas Belles-Lettres, ela é encarregada da edição dos cinco volumes do *Théâtre contemporain.*

Sylvestre Barré

Etnólogo, diretor de projetos na missão do patrimônio etnológico. Seus trabalhos tratam da noção de tradição no mundo ocidental contemporâneo, formas complexas que aparecem em uma tradição em transformação. Seu último estudo sobre o conduziu a acompanhar uma dezena de lonas e a entrevistar uma trintena de artistas.

Zeev Gourarier

Conservador e diretor-adjunto do Musée National des Arts et Traditions Populaires (MNATP). Responsável pelo Departamento dos Lazeres e Espetáculos, escreveu vários artigos e obras sobre carrosséis e festas de feira. Ele organizou uma exposição sobre o circo, em Mônaco, em 2002.

TRADUÇÃO
Ana Alvarenga, Augustin de Tugny, Cristiane Lage

PROJETO GRÁFICO DA CAPA
Diogo Droschi
(Sobre imagem do palhaço Charlie Rivel, no topo de um prédio de 13 andares, em Berlim, em 19 de julho de 1955. Fotografia de Erhard Rogge © Bettmann/CORBIS/ Corbis (DC)/Latinstock)

EDITORAÇÃO ELETRÔNICA
Tales Leon de Marco
Waldênia Alvarenga Santos Ataíde

REVISÃO
Ana Carolina Lins

EDITORA RESPONSÁVEL
Rejane Dias

AUTÊNTICA EDITORA LTDA.

Rua Aimorés, 981, 8º andar . Funcionários
30140-071 . Belo Horizonte . MG
Tel: (55 31) 3222 68 19
TELEVENDAS: 0800 283 13 22
www.autenticaeditora.com.br

QUALQUER LIVRO DO NOSSO CATÁLOGO NÃO ENCONTRADO NAS LIVRARIAS PODE SER PEDIDO POR CARTA, FAX, TELEFONE OU PELA INTERNET.

Rua Aimorés, 981, 8° andar – Funcionários
Belo Horizonte-MG – CEP 30140-071

Tel: (31) 3222 6819
Fax: (31) 3224 6087
Televendas (gratuito): 0800 2831322

vendas@autenticaeditora.com.br
www.autenticaeditora.com.br

ESTE LIVRO FOI COMPOSTO COM TIPOGRAFIA BEMBO E IMPRESSO EM PAPEL PÓLEN BOLD 90 G. NA FORMATO ARTES GRÁFICAS.